Verena Hars
Der kleine Pirat

Verena Hars
Der kleine Pirat

Roman

Bibliografische Information der Deutschen Nationalbibliothek:
Die Deutsche Nationalbibliothek verzeichnet diese Publikation in der Deutschen Nationalbibliografie; detaillierte bibliografische Daten sind im Internet über http://dnb.dnb.de abrufbar.
© 2021 Verena Hars
Herstellung und Verlag: BoD – Books on Demand, Norderstedt
ISBN: 978-3-7557-6051-1

Für Stephan, Hugo, Hund und Jack.
Und für das Kaninchen.

Der kleine Pirat streckte sich auf dem warmen Strand aus. Er grub die Hacken tief in den feinen, weißen Sand, verschränkte die Arme hinter dem Kopf und blinzelte in den Himmel. Ein paar Kokospalmen warfen Schattenspiele auf das sommersprossige Gesicht. Sieben Pelikane flogen im Formationsflug die Küstenlinie entlang. Aus dem Wald, der sich dunkel hinter den Kokospalmen ausdehnte, klangen die vertrauten Geräusche von pfeifenden Vögeln und raschelnden Tieren. Es dampfte noch von dem Regenguss, der kurz nach der Mittagszeit niedergegangen war.

„Ach", seufzte der Pirat, „könnte es doch immer so entspannt zugehen!"

Der Pirat war gerade am Eindösen, als das Rascheln hinter ihm lauter wurde. Verwundert richtete er sich auf und blickte in die Richtung, aus der nun deutliche, schnelle Schritte zu hören waren. Ob eines von den Schweinchen, die vor Jahrzehnten von anderen Piraten auf der Insel ausgesetzt worden waren und sich hier prima vermehrten, ein Bad im Meer nehmen wollte? Aber hörte er nicht auch eine Glocke bimmeln? Da stolperte ein Eisverkäufer aus dem Dickicht. Er schob seinen Eiswagen vor sich her, blieb unter den Kokospalmen stehen und lehnte sich an einen der hohen, glatten Stämme. Er trug weiße Eisverkäufer-Kleidung mit einer weißen Mütze, jedoch waren die Sachen ziemlich schlammverkrustet. Die kleine Glocke am Eiswagen kam zur Ruhe. Der kleine Pirat stand auf und ging auf den Eisverkäufer zu. Der hatte ihn noch nicht bemerkt. Mit der linken Hand nahm er seine Mütze ab und wischte mit dem rechten Ärmel den Schweiß von der Stirn.

„Hallo!", sagte der Pirat. Erschrocken sah der Eisverkäufer ihn an, fasste sich jedoch schnell. Während er seine Mütze wieder aufsetzte, machte sich ein Grinsen in seinem Gesicht breit.

„Eis! Leckeres Eis!", rief er in einem warmen Singsang und deutete mit einer einladenden Geste auf seinen Eiswagen.

„Oh ja, das kommt wie gerufen! Hast du ein Schokoladeneis für mich?"

„Aber selbstverständlich – das beste Schokoladeneis außerhalb von Kolumbien habe ich! Dafür bin ich berühmt!"

Der Eisverkäufer nahm eine Waffel, öffnete die Klappe seines Eiswagens, kratze mit einem großen Eiskugellöffel eine Schokoladeneiskugel zusammen und drückte sie auf die Waffel. Der kleine Pirat, dem das Wasser im Mund zusammenlief, streckte die Hand aus, um nach der Waffel zu greifen. Dabei fiel ihm auf, dass die Hand des Eisverkäufers zitterte. Ehe sie sich versahen, stürzte das Eis kopfüber in den Sand, so dass die Waffel keck ihre Spitze in die Luft streckte.

„Oh nein, das tut mir leid!", sagten beide wie aus einem Munde. Sie blickten betreten auf das Eis im Sand. „Vielleicht ist es noch zu retten", meinte der Pirat und kniete sich hin. Als er das Eis aufhob, troff die braune Masse an allen Seiten herab und war über und über mit weißem Sand bedeckt. Es lief dem Piraten über das Handgelenk. Als er das Eis ableckte, begann er zu spucken und zu husten.

„Iiiieh, nee, jetzt habe ich den Sand zwischen den Zähnen."

Der Eisverkäufer stand mit hängenden Schultern da und sagte leise: „das war mein letztes Eis.

Sonst hätte ich dir gerne ein neues gegeben. Es tut mir so leid!"

Gerade wollte der Pirat ansetzen, um seinerseits zu bekunden, dass ihm dieses Missgeschick so leidtut, als ein Höllenlärm im Wald ausbrach. Schwere Schritte trampelten durch das Gebüsch, Metall schlug aneinander. Der Eisverkäufer wurde blass. „Sie sind da! Sie haben mich gefunden!", stammelte er. Dem Piraten wurde schlagartig klar, dass der Eisverkäufer nicht zufällig hier aufgetaucht war, sondern auf der Flucht war. Ohne zu zögern griff er dessen Ellenbogen und zog ihn über den Strand zum Meer. Der Eisverkäufer griff mit der freien Hand nach seinem Eiswagen und folgte stolpernd. Neben einem Felsen lag ein kleines Ruderboot am Strand.

„Schnell, fass mit an!", forderte der Pirat den Eisverkäufer auf. Sie hievten den Eiswagen in das Boot und schoben es in die Wellen. Der Eisverkäufer zog sich als Erster an Bord, der Pirat folgte, nachdem er dem Boot noch einen ordentlichen Schubs gegeben hat. Jeder griff sich ein Paddel und beide legten sich so in die Riemen, als gebe es kein Morgen mehr. Der Pirat lenkte das Boot dabei um eine Landzunge in eine andere Bucht, die vom Strand nicht einzusehen war, weil hier die Bäume dicht an dicht bis ans Wasser standen.

Bevor sie ganz um die Ecke waren, konnten sie acht oder neun Männer erkennen, die unter den Kokospalmen auftauchten. Sie trugen polierte Brustpanzer und Beinschienen, ihre verzierten Helme blinkten in der Sonne. Einige hatten ihre Schwerter gezückt. Einer der Männer bückte sich gerade nach dem Eis, als das Ruderboot ganz in der schattigen Bucht verschwand.

„Ha, wir haben es geschafft! Die haben uns nicht gesehen!", jubelte der kleine Pirat. Der Eisverkäufer seufzte „danke" und fiel in sich zusammen. Er hatte das Rudern eingestellt und schaute bekümmert auf seine nackten Füße.

„Ach, komm", versuchte der kleine Pirat ihn zu trösten, „halt noch einen Moment durch, dann sind wir in Sicherheit und du kannst mir alles in Ruhe erzählen." In der Bucht lag ein Segelschiff vor Anker. Es war vielleicht 15 Meter lang, hatte einen schnittigen Holzrumpf und zwei Masten. Am Bug war mit weißer Farbe „Graureiher" angepinselt. Über das Schanzkleid blickte ein großer, dunkelbrauner Hund sie an und machte „wuff!"

„Alles gut, Brutus!", rief der Pirat hoch, „ich bin ja gleich wieder bei dir und ich habe uns Besuch mitgebracht!"

In der Zwischenzeit hatte er beide Paddel übernommen und steuerte auf die Backbordseite der Graureiher zu. Dort hing eine Strickleiter ins Wasser. Der Pirat band das Boot an der Leiter fest und half dem Eisverkäufer, die Bordwand hochzuklettern. Dort sank der Eisverkäufer am Mast zu Boden, nahm die Mütze wieder ab und ließ sich von Brutus den Schweiß (oder waren es Tränen?) von den Wangen schlecken.

Der Pirat klettert mit einem Seil, das von einem Querbalken am Mast hing, zurück ins Ruderboot, knotete es am Eiswagen fest und zog ihn über eine Flaschenzugkonstruktion an Deck, wo er ihn neben dem Eisverkäufer absetze. Kurz nachdem er unter Deck verschwunden war, tauchte der Pirat mit einem Tablett vor dem Eisverkäufer auf und setze sich neben ihm auf die Planken.

„Greif zu, ich habe gerade meine Vorräte wieder aufgestockt. Ananas, Kokosnuss, Zuckerrohr,

Mangos ... und frisches Wasser. Ich habe sogar ein Fass mit Bier unter Deck, das ist sogar noch kühl, wenn dir das lieber ist?"

Der Pirat schaute den Eisverkäufer mit großen, braunen Kulleraugen so erwartungsvoll an, dass dieser schließlich lächeln musste und bei den Leckereien zugriff. So saßen die beiden eine ganze Weile schweigend an Deck. Hin und wieder nahm auch der Pirat ein bisschen Obst. Der Eisverkäufer kaute zufrieden vor sich hin. Brutus hatte es sich zwischen beiden bequem gemacht und schnarchte leise. Die Sonne war hinter dem dichten Wald am Ufer verschwunden. Die Geräusche des Waldes wurden lauter und – wenn man es nicht besser wusste – unheimlicher.

„Gleich wird es stockdunkel. Lass uns reingehen, bevor die Moskitos uns auffressen!"

Der Eisverkäufer folgte dem Piraten eine steile Treppe hinab.

„Warte, ich zünde eine Laterne an, bevor du irgendwo gegenläufst!"

Der Eisverkäufer fand sich in einem gemütlichen Raum wieder, dessen Wände fast vollständig aus Regalen und Schranktüren bestanden. Neugierig sah er sich um. In der Mitte war ein Tisch festgeschraubt, um den drei Stühle standen. An der Steuerbordseite hing eine Hängematte. An der Wand zum Bug hin, durch die der vordere Mast zu laufen schien, stand ein Herd. Daneben gab es eine Tür. In der Wand nach Achtern gab es ebenfalls eine Tür.

„Hier ist das Wohnzimmer, das Schlafzimmer und die Küche", der Pirat breite seine Arme auf und drehte sich einmal im Kreis.

„Hinter der Tür", er wies nach vorne, „befindet sich alles, was man als Pirat zum Segeln und so braucht. Und da hinten", er wies auf die hintere Tür, „sind alle Vorräte, also Obst, Gemüse, Wasser und auch frische Unterhosen. Setz sich doch! Magst du jetzt ein Bier? Oder lieber einen spanischen Rotwein?"

Der Eisverkäufer überlegte noch, was ein Pirat wohl zum Segeln ‚und so‘ brauchen könnte, wurde beim Rotwein aber hellhörig.

„Ein Rotwein wäre jetzt genau das Richtige!", sagte er, zog den Kopf ein und ging zum Tisch. Der Pirat hatte die Lampe an die niedrige Decke über den Tisch an einen Haken gehängt, verschwand kurz hinter der hinteren Tür und stellte zwei große, glänzende Rotweingläser auf den Tisch, in denen die Flamme der Laterne lustig funkelte. Aus einer staubigen Flasche zog er den Korken, schnupperte einmal, sagte: „hm!", und goss beiden einen großen Schluck ein. Der Eisverkäufer nahm das Glas hoch und blickte durch die tiefrote Flüssigkeit Richtung Laterne. Er ließ den Wein ein paarmal im Glas kreisen, dann hob er es an die Nase, machte ebenfalls „hm" und trank mit geschlossenen Augen einen Schluck. Nach einer Weile öffnete er die Augen, setzte das Glas ab und meinte:

„Jetzt habe ich noch nicht einmal ‚zum Wohle‘ gesagt. Dabei hast du mir gerade das Leben gerettet. Ich schulde dir wohl eine Erklärung. Wo soll ich bloß anfangen? Also, erstmal: Danke! Und: zum Wohle!"

Er hob sein Glas in Richtung des kleinen Piraten, der sein Glas auch hob und ebenfalls „zum Wohle!" sagte. Beide nahmen einen großen Schluck.

„Den Wein habe ich vor drei Jahren bei einem Überfall auf ein spanisches Kriegsschiff erbeutet. Der ist gut, was?"

Der Eisverkäufer nickte anerkennend. Er lehnte sich zurück und wollte die Beine ausstrecken, jedoch lag mittlerweile Brutus unter dem Tisch. Also zog er die Füße zurück unter seinen Stuhl, setzte sich aufrecht hin, stützte die Ellenbogen auf den Tisch und legte sein Kinn auf die gefalteten Hände.

„Also", begann er, „ich bin Poti und ich bin Eisverkäufer."

Nun lehnte sich der Pirat zurück und legte seine Füße auf Brutus' Rücken. Aufmerksam lauschte er. Poti kam aus der Stadt auf der anderen Seite der Insel. Der Pirat kannte die Stadt nur von wenigen Besuchen, wenn er mal auf legale Weise bestimmte Waren anschaffen musste. Es war eine freundliche Stadt mit weißen Häusern, einem quirligen Hafen und einem bunten Markt. Über allem thronte die Festung des Königs. Sie war ein dunkelgrauer Bau aus grob behauenen Steinen, einer hohen Mauer und einem dicken Turm. Im Gegensatz zur Stadt wirkte die Festung düster und bedrohlich. Der Pirat hatte von den Kellerverliesen unter der Festung gehört und mied daher die Stadt so gut es ging. Poti jedoch war immer ein zufriedener Bürger gewesen, der morgens sein Eis herstellte und nachmittags durch die Straßen zog, um es zu verkaufen. Er hatte einen guten Ruf, oft warteten die Menschen schon vor den Häusern auf ihn und die Kinder liefen ihm sogar lachend entgegen. Er machte Mangoeis, Vanilleeis und Schokoladeneis. Das Schokoladeneis war seine Spezialität. Er stellte es mit deutlich mehr Kakao her als andere Eisverkäufer. Seinen Kakao bezog er aus Kolumbien von einer besonders liebevoll geführten Kakaoplantage, auf der alle Mitarbeiter frei waren und Geld für ihre Arbeit bekamen. Poti war darauf sehr stolz. Nach getaner Arbeit reinigte Poti seinen Eiswagen in seiner kleinen Wohnung, danach traf er sich mit Freunden am Hafen. Sie saßen am Kai, ließen die Beine über dem Hafenbecken baumeln, sahen dem Mond, den Sternen und den Fischern zu und erzählten sich Geschichten. Zwischendurch holten sie sich Eintopf und Bier aus der nahen Schankwirtschaft. Wenn doch einmal einer dieser heftigen tropischen Regenschauer runterkam, konnten sie bei den Fischern im Gemeinschaftsraum sitzen und beim Netzeflicken helfen. Es war ein schönes Leben.

„Ja, es war ein schönes Leben", seufzte Poti, „meinetwegen hätte es immer so weitergehen können!"

„Entschuldige, wenn ich dich unterbreche," der kleine Pirat beugte sich vor, „wie schafft man es überhaupt, hier unter der tropischen Sonne kaltes Eis herzustellen? Wo nimmt man die Kälte her?"

Poti zog die Augenbrauen hoch.

„Ach je, genau da kommen wir ja zu dem Problem! Außer der Kälte, die die Festung des Königs ausstrahlt, gibt es hier keine Kälte. Die kommt von weit, weit her."

Potis Gesichtsausdruck verfinsterte sich und er blickte in sein Weinglas. Nach einem tiefen Schluck sprach er weiter.

„Das Geheimnis meiner Zunft ist Gletschereis von Grönland." Poti sah auf, um die Reaktion des Piraten zu beobachten. Dem fiel die Kinnlade runter.

„Grönland!?" Wow! So weit bin ich noch nie gekommen. Wie schafft ihr das Eis hierher?"

„Es gibt ein Schiff, das einmal pro Jahr die Reise hoch in den Norden antritt. Die Kögröli, die ,Königliche Grönland-Linie'. Sie ist jedes Jahr mit den ganzen Ladeluken voller Gletschereis in den Hafen eingelaufen und die halbe Stadt hat mitgeholfen, das Eis in die Keller der Stadt und der Festung zu schafften. Die Zunft der Eisverkäufer war an dieser Linie genauso beteiligt wie die Fischhändler, die Gastwirte und so weiter. Je größer dein Anteil war, desto mehr Eis hast du bekommen. Meinen Anteil habe ich schon von meinem Vater geerbt und der von seinem Vater und so weiter. Ich hatte einen guten Anteil."

Der Pirat schenkte Wein nach und begann, Kartoffeln zu schälen. Brutus knurrte im Schlaf. Das Meer plätscherte leise an der Bordwand.

„Alles war gut, meinetwegen hätte es immer so weitergehen können. Aber dann standen eines Tages diese Männer vor mir. Ich hatte gerade das frische Eis in meinen Eiswagen gefüllt und wollte mich auf den Weg durch die Stadt machen. Als ich meine Wohnungstür öffnete, standen die beiden gepanzerten Schergen des Königs vor mir. Ich sah nur dunkle Silhouetten, die Sonne stand genau hinter ihnen."

Poti grüßte die beiden schüchtern, aber freundlich.

„Mitkommen!", blaffte der linke Soldat.

„Aber schnell!", ergänzte der rechte Soldat. Poti zuckte mit den Schultern, setzte seine weiße Mütze auf und folgte den beiden Schergen, deren Brustpanzer, Beinschienen und Schwerter bei jedem Schritt klirrten. Wie sie das wohl unter der tropischen Sonne mit ihren Helmen aushielten? Und: warum er wohl mitkommen sollte? Poti fasst sich ein Herz und fragte:

„Wo gehen wir hin, bitte?"

Die metallischen Schritte der Schergen hallten durch die Straße. Poti zählte zwanzig dröhnende

Schritte ab, bevor er noch einmal vorsichtig nach-
fragte:

„Entschuldigung, dürfte ich vielleicht erfahren,
wohin Sie mich bringen?"

Langsam wurde ihm ein bisschen mulmig. Die
Schergen stapften weiter, einer jedoch sagte
„König" in seine Metallhaube. ‚Zum König?' überlegte Poti, ‚heißt das was Gutes oder was Schlech-
tes?' Er war verunsichert. Aber da er keine Wahl
hatte, trottete er den Schergen hinterher.

Es ging die ganze Zeit bergauf, der Festung
entgegen. Die Glocke am Eiswagen bimmelte
fröhlich, die Kinder am Straßenrand aber drängten
sich an die Hauswände. Heute liefen sie ihm nicht
lachend entgegen, denn jeder hatte Angst vor den
Schergen des Königs.

„Diese Schergen, das sind doch genau die
Männer, die vorhin an den Strand gekommen sind,
oder?", unterbrach der kleine Pirat, „denen bin ich
auch immer aus dem Weg gegangen."

Der Pirat hatte die Kartoffeln in dünne Scheiben
geschnitten und stand jetzt am Herd, den er ange-
feuert hatte.

„Ja, das sind finstere Gesellen. Ich hatte mal
einen Freund, der sehr kräftig war, aber eine Seele
von Mensch. Seine Mutter wollte, dass er etwas
Besseres wird und hat ihn zu den Schergen
gebracht. Danach war er nicht mehr derselbe. Er
wurde schwermütig und ist irgendwann abends
auch nicht mehr zu uns an den Hafen gekommen.
Aber seine Mutter hatte immer schicke, neue
Kleider an."

Poti schüttelte gedankenversunken den Kopf. In
der Pfanne des Piraten zischte es. Er griff in
mehrere kleine Schälchen und Tiegel, um die
Kartoffeln zu würzen. Ein unglaublich exotischer

Duft breitete sich im Raum aus. Brutus stand auf, drehte sich ein paar Mal um die eigene Achse und legte sich genauso wieder hin, wie er vorher gelegen hatte.

„Haben die Schergen dich zum König gebracht?"

„Ja, tatsächlich. Wir kamen vor dem Tor der Festung an und einer der Schergen schlug mit seiner Hand, die in einem Eisenhandschuh steckte, gegen die dicken Holzbalken. Erst öffnete sich eine kleine Klappe im Tor, es wurden ein paar Worte gemurmelt, dann ging das Tor weit auf."

Poti hatte erwartet, hinter dem Tor irgendetwas Erstaunliches zu sehen. Vielleicht ein Schloss, das in Perlmuttweiß schimmert? Oder einen großen Lindwurm, der Feuer speit? Zumindest eine ansehnliche Halle, in der der König Hof hält. Tatsächlich lag hinter dem Tor ein schlammiger Hof, an dessen Rändern sich Stallungen und Wirtschaftsgebäude an die Festungsmauer lehnten. Die Schergen stapften weiter und versanken mit jedem Schritt knöcheltief im Matsch. Der Eiswagen ließ sich kaum noch ziehen, die Glocke war verstummt. Poti folgte weiter. Gegenüber dem Tor stand der dicke, graue Turm. Auf dessen kleinen, dunklen Eingang schritten die Männer zu. Potis Schritte wurden schwerer. Um den Turm rankten sich Legenden, und die waren nie erheiternd. Vor dem Eingang traten die Schergen beiseite und hießen Poti, die Treppen hinaufzusteigen.

„Ab hier muss du allein weitergehen!", sagte der linke Scherge und deutete so etwas wie eine Verbeugung an. Poti schluckte, packte seinen Eiswagen mit beiden Händen und erklomm die Treppe. Sie wand sich rechtsherum nach oben. Poti hatte mal gehört, dass der Turm extra so angelegt worden ist, damit etwaige Eroberer nicht mit gezücktem Schwert in der rechten Hand die Treppe nach oben stürmen können. Was wäre wohl, wenn ein linkshändiger Eroberer die Treppe hochstürmt? Im Moment stapfte aber ein verunsicherter Eisverkäufer mit seinem Eiswagen in den Armen die Treppe hoch. Seine Glocke gab hin und wieder ein leises „Bimm" von sich.

Nach drei Windungen wurden Poti die Arme müde. Zum Glück endete die Treppe und er fand sich in vor einer schweren Holztür wieder. Zwei besonders gut polierte Schergen standen vor der Tür, traten jedoch wortlos beiseite und ließen ihn durch. Er trat in eine langgezogene, niedrige Halle, deren Deckenbalken durch das Kaminfeuer rußgeschwärzt waren. An den Seitenwänden brannten Fackeln, denn durch die schmalen Schießscharten gelangte kaum Tageslicht hinein.

„Poti! Endlich, so eine Freude!", schallte es vom anderen Ende der Halle. Der König kam mit ausgebreiteten Armen auf ihn zu, als würde er einen alten Freund begrüßen. Tatsächlich hatte Poti den König nur ein paar Mal bei offiziellen Anlässen von Weitem gesehen. Da hatte er mit seinen edlen Kleidern wie ein stattlicher Mann gewirkt. Der König, der jetzt auf ihn zukam, war hager, sein roter Umhang fadenscheinig und sein Bart wirkte fransig und ungepflegt. Poti verbeugte sich.

„Mein König!"

„Ach", winkte der König ab, „keine Förmlichkeiten. Komm her, setz dich zu mir!"

Der König zog einen zweiten Stuhl an die lange, mit Köstlichkeiten gedeckte Tafel und hieß Poti, sich neben ihn zu setzen. Poti zog seinen Eiswagen neben sich, setzte sich und starrte auf die Hähnchenschenkel und Schinken und Schweinepfoten vor sich auf dem Tisch.

„Greif zu, greif zu, es ist alles für dich hergerichtet!" forderte der König ihn auf. Poti war es aber schon sein Leben lang gewöhnt, Obst und Gemüse zu essen. Das Fleisch von Tieren, die seine Freunde sein könnten, rührte er nicht an. Vorsichtig zog er ein Salatblatt unter einem gebratenen Fasan hervor und knabberte daran. Dem König fiel das gar nicht auf. Er redete ohne Unterlass davon, wie schön es sei, dass Poti nun endlich den Weg ins Schloss gefunden hätte und wie lange er darauf nun schon gewartet hätte. Poti räusperte sich. Der König hielt in seiner Rede inne und sah ihn irritiert an.

„Ja?"

„Mein König, bitte entschuldigt meine Frage: warum bin ich hier?"

Der König sah ihn erstaunt an.

Der König schwieg.

Der König zog die Augenbrauen zusammen und schluckte. Dann erhellte sich sein Gesicht und er sprang auf:

„Na, warum wohl? Wegen dem Schokoladeneis natürlich! Es soll das beste in der ganzen westlichen Welt sein! Und ich möchte, dass mein Sohn es kostet."

Der König schnippste mit dem Finger und rief damit eine Dienerin heran, die bisher still neben einer weiteren schweren Holztür gestanden hatte.

„Holt meinen Sohn," befahl er und redete sogleich weiter auf Poti ein, der den Ausführungen über das Wetter, den Goldabbau, den Kakaoanbau und die Frauen im Allgemeinen kaum folgen konnte. Poti nickte höflich und pickte sich einzelne Oliven und Weintrauben von der Tafel. Er fühlte sich völlig fehl am Platze und fragte sich, seit wann der König einen Sohn hatte.

„Der König hat einen Sohn?", fragte der kleine Pirat aufgebracht. „Aber ... seit wann das denn? Davon hat man ja noch nie etwas gehört!" Der Pirat rührte aufgeregt in den Bratkartoffeln und füllte sie auf zwei Teller.

„Nein", sagte Poti, „in der Tat wusste niemand außerhalb der Festungsmauern von diesem Sohn. Ich erfuhr später, dass der König sich für unsterblich hielt und vermeiden wollte, dass ihm jemand die Herrschaft streitig macht. Aber das ist ein anderes Thema."

„Hier, ich glaube, du kannst jetzt ein paar Bratkartoffeln vertragen", sagte der kleine Pirat, stellte einen Teller vor Poti auf den Tisch und setzte sich ihm gegenüber hin. Poti schob sich dankbar eine Gabel voll in den Mund und erzählte nach den ersten Bissen weiter.

Die Tür hinter dem König öffnete sich und die Dienerin erschien mit einem schmalen, blassen Jungen. Sie schob ihn vor sich her, aber er hielt die Augen zu Boden gerichtet, verborgen von langen, geschwungenen Wimpern.

„Wieso haben eigentlich so oft Jungs die schöneren, langen Wimpern?", ereiferte sich der kleine Pirat. Poti zuckte kurz zusammen, blickte den Piraten verwirrt an und sprach dann weiter. Der Prinz wurde neben seinen Vater geschoben, so dass er kurz vor Poti zum Stehen kam.

„Ah", sagte der König, „dieser Prachtkerl ist Prinz Pan, mein Sohn und Erbe. Pan, begrüße unseren Freund Poti!"

Pan murmelte irgendetwas und starrte weiter auf den Boden. Mit ausladenden Bewegungen wies der König den Eisverkäufer an, einen Kugel

Schokoladeneis für seinen Sohn Pan in eine Waffel zu füllen. Poti reichte dem Jungen das Eis. Ohne aufzublicken griff der sich die Waffel und probierte vorsichtig. Der König schwadronierte derweil weiter über die Lage im Königreich und auf den Nachbarinseln, aber Poti hörte ihm gar nicht mehr zu. Er beobachtete den Jungen. Dessen Gesichtszüge veränderten sich schlagartig, als das Eis zuerst seine Lippen berührte. Poti konnte sehen, dass sich die Mundwinkel nach oben zogen. Pan schüttelte die dunklen Strähnen seines Ponys aus dem Gesicht und hob langsam das Kinn. Seine braunen Augen suchten Potis Blick. Ein Lächeln. Poti lächelte vorsichtig zurück. Prinz Pan nickte sachte, dann senkte er seinen Kopf wieder über das Eis. Es war nur ein Moment, doch der war jetzt vorbei. Poti versuchte wieder, dem König zu folgen, nickte artig und aß noch ein paar Weintrauben. Als Pan sein Eis aufgegessen hatte, bat die Dienerin den König, ihn ins Bett bringen zu dürfen. Zerstreut winkte der König ab und wandte sich wieder Poti zu.

„Dann ist es also abgemacht?"

Poti sah den König verwirrt an. Was hatte er abgemacht?

„Ihr kommt ab sofort jeden Dienstag und jeden Donnerstag zum Schloss und gebt meinem Sohn ein Schokoladeneis! Die Schatzkammer wird es euch gut vergelten."

„Aber natürlich, mein König, mit dem größten Vergnügen!"

Poti atmete erleichtert auf. Der König hingegen thematisierte schon wieder das Wetter und beklagte die ständigen tropischen Regengüsse, die seinen englischen Rosen so schlecht bekommen würden. Poti war froh, als der König ihm endlich erlaubte, die Festung zu verlassen und nach Hause zu gehen. In der Zwischenzeit war es schon zu spät geworden, um mit seinem Eis durch die Straßen zu ziehen. So aß er am Abend im Hafen mit seinen Freunden das Eis auf und ging ins Bett.

„Aber das ist doch großartig", sagte der kleine Pirat, „einen besseren Kunden als den König kann man doch gar nicht haben!"

„Solange alles gut geht, ist das wohl so", grummelte Poti und schob den leeren Teller von sich.

„Darf ich noch etwas Wein haben?"

Der Pirat schenkte nach und lauschte weiter, während er seine Bratkartoffeln aufaß.

Es richtete sich ganz gut ein. Jeden Dienstag und jeden Donnerstag ging Poti rauf zur Festung, um Prinz Pan Schokoladeneis zu bringen. Die Menschen in der Stadt gingen an diesen Tagen extra zu der Straße, die hinauf zur Festung führte. Poti bediente sie und sah gleichzeitig zu, dass er nicht so spät kam. Mittlerweile liebte Poti das Lächeln des Prinzen, wenn der unter seinem Pony kurz zu ihm aufsah. Wenn Poti abends ins Bett ging, dachte er an dieses Lächeln und schlief zufrieden ein.

So ging es einige Jahre. Vormittags machte Poti sein Eis, nachmittags zog er mit seinem Eiswagen durch die Straßen, abends saß er mit seinen Freunden am Hafen. Dienstags und donnerstags zog er rauf zur Festung und sah das Lächeln von Pan. Pan wurde größer, blieb aber schmal und behielt seine sanften Augen mit den langen Wimpern. So hätte es weitergehen können. Aber es kam anders.

Die Kögröli blieb aus. Sie war im letzten Frühjahr nach Norden aufgebrochen, wie in jedem Jahr.

Im Spätsommer hätte sie zurück sein müssen. Aber sie kam nicht. Ein paar der königlichen Karavellen fuhren ihr entgegen, kehrten im Herbst aber ohne Nachricht zurück. Es wurde Winter auf der Insel, ohne dass die Kögröli auftauchte. Nun heißt Winter auf einer tropischen Insel nicht, dass es kalt wird. Es bleibt warm, aber es hört für eine Weile auf zu regnen. Das Eis schmeckte den Menschen also auch im Winter noch mindestens so gut wie im Sommer. Es fehlte jedoch der Eisnachschub! Auch Potis Vorräte an Gletschereis gingen zur Neige. An einem Dienstag im Dezember musste Poti dem jungen Pan sagen, dass dies nun das letzte Schokoladeneis sein würde. Pan blickte erschrocken auf und sah Poti so lange in die Augen, wie nie zuvor.

„Ich wusste gar nicht, dass dein Eis von den Lieferungen der Kögröli abhängt", sagte der Prinz, „das ist ja furchtbar! Da muss man doch etwas tun!"

Poti zuckte mit den Schultern und erklärte Pan, wie aufwändig und gefährlich es für ein Schiff sei, nach Grönland zu fahren, um Gletschereis zu besorgen. Pan lauschte gebannt, denn für ihn war es normal, dass immer alles zur ständigen Verfügbarkeit da ist.

„Aber warte mal", grübelte Pan, „in Vaters Keller ist doch noch jede Menge Eis! Er hat von jeder Lieferung der Kögröli den größten Teil behalten. Er hat mir das früher einmal gezeigt, aber da hat es mich nicht interessiert. Komm am Donnerstag wieder, dann erzähle ich dir mehr!"

Poti ging mit gemischten Gefühlen heim. Es tat ihm leid, den Kindern und dem Prinzen kein Eis mehr machen zu können. Er hatte gesehen, dass auf dem Markt für kleine Restbrocken von

Gletschereis horrende Summen gezahlt wurden. Wenn es in den Kellern der Festung noch Eis gab, dann könnte sich die Lage entspannen ...

Am Mittwoch übte Poti sich darin, Kuchen zu backen. Er verwendete ungefähr die gleichen Zutaten wie für sein Eis, nur statt Kälte nahm er jetzt Hitze. Die Menschen kauften nur einige seiner Kuchen und waren auch nur mäßig begeistert. Er war halt Eisverkäufer und kein Konditor. Am Donnerstag ging er in die Festung zu Prinz Pan.

„Poti, komm mit nach unten!", empfing Pan ihn aufgeregt. Zügig lief Pan die Wendeltreppe im Turm hinunter. Noch eine Windung, wieder ein Gang, dann eine Treppe, noch eine Windung und wieder eine Treppe. Poti glaubte fast, bald im Reich des Leibhaftigen ankommen zu müssen, als Pan in einem Gang stehenblieb. Es fröstelte Poti.

„Hier sind die Verliese meines Vaters", sagte Pan, „nur dass hier fast nie jemand eingesperrt wird. Sieh nur!"

Er hob seine Fackel und öffnete die erste Tür, die erstaunlicher Weise nicht verschlossen war. Im Fackelschein glitzerte den beiden klares, bläuliches Gletschereis entgegen. Pan lief weiter und riss einen Tür nach der anderen auf.

„Sieh nur, hier! Und hier! Und hier!"

Alle Verliese waren voll mit Gletschereis. Sosehr es Poti fröstelte, erwärmte Pans Freude und die Aussicht auf Eis sein Herz.

„Und jetzt kommt's", sagte Pan und zog einen einzelnen, großen, rostigen Schlüssel hervor. Sie standen ganz am Ende des langen Gangs, von dem rechts und links die Verliese abgingen. Hinter Pan lag der blanke Fels. Mit dem Schlüssel in der Hand drehte Pan sich zur Wand und steckte ihn in ein unscheinbares Loch. Der Fels prang zurück und

Poti fand sich unterhalb der Festung an der Stadt-grenze mit einem weiten Blick über den Hafen wieder.

Eine geheime Tür! Pan strahlte Poti mit einem offenen Blick an, wie er ihn noch nie zuvor angesehen hat. Poti lächelte zurück.

„Ich kann dir wieder Eis machen!", sagte Poti. Pan nickte und drückte Poti den Schlüssel in die Hand. „Das bleibt unser Geheimnis. Präg dir die Stelle gut ein, damit du immer wieder zurück zum Eis findest."

Pan verschwand im dunklen Gang und zog die Felstür hinter sich zu. Poti betrachtete lange die Felswand und fand schließlich das Schlüsselloch. Er prägte sich Bäume, den Farn und die Form des Felsens genau ein, außerdem die Häuser und die Gasse gegenüber der Felstür. Dann ging er fröhlich pfeifend nach Hause.

Ab jetzt machte Poti nur noch dienstags und donnerstags Eis, damit es nicht so auffiel. Und er machte nur noch Schokoladeneis, weil der Prinz es so gerne mochte. Die Menschen gewöhnten sich schnell daran und säumten zwei Mal die Woche die Straße, die hoch zur Festung führte. Im Gegensatz zu den anderen Eisverkäufern erhöhte Poti seine Preise nicht, weil er umsonst an das Eis kam. Die Geschäfte liefen gut und der Prinz strahlte Poti bei jedem seiner Besuche an.

An einem frühen Donnerstagmorgen schloss Poti die Felsentür auf, um frisches Eis zu holen. Er hatte nur noch einen winzigen Rest Schokoladeneis in seinem Eiswagen. Er ging ein Stück in den Gang hinein, denn aus dem äußersten Verlies hatte er schon das gesamte Gletschereis herausgeholt. Gerade wollte er die Tür zum nächsten Verlies aufstoßen, als Fackelschein an den Felswänden aufleuchtete. Poti hörte schwere, schnelle Schritte, dann erschienen einige Schergen des Königs im Gang.

„Haltet den Dieb!" riefen sie. Poti drehte auf der Stelle um, ergriff seinen Eiswagen und rannte den Berg hinunter. Die Schergen folgten ihm. Poti schlug Haken durch die kleineren Gassen, gelangte schließlich zum Stadtrand und am Ende in den Wald. Er rannte und rannte durch den Urwald. Lianen klatschten ihm ins Gesicht, er strauchelte über Luftwurzeln und der Wagen verhedderte sich hinter umgestürzten Bäumen. Er fiel hin, wischte sich den Lehm von der ehemals weißen Hose und rannte weiter. Als die Schritte hinter Poti nicht mehr zu hören waren und der Wald sich zum Strand lichtete, da schöpfte Poti wieder Hoffnung. Als dann auch noch der kleine Pirat mit seinen braunen Kulleraugen auf ihn zukam und sich auf ein Eis freute, erschien es Poti fast, als wäre alles wieder in Ordnung. Bis das Schokoladeneis zu Boden fiel und die Schergen aus dem Busch kamen.

Poti verstummte.

Der Wein war leer.

Der kleine Pirat schluckte.

Poti blickte ihm in die Augen.

„Kannst du mir helfen, den Eiswagen unter Deck zu holen? Der Schlüssel zur Felsentür ist darin versteckt."

Gemeinsam trugen sie den Eiswagen die steile Treppe hinunter. Brutus wachte auf, als die Glocke hektisch bimmelte. „Wuff", sagte er.

„Poti, wir sollten jetzt schlafen!" Der kleine Pirat ging durch die vordere Tür und kehrte mit einer zusammengerollten Hängematte zurück. Er

spannte sie mit ein paar geschickten Seemanns-
knoten auf der Backbordseite unter die Decke.

„Morgen sehen wir weiter, schlaf gut, Poti!"

„Gute Nacht, kleiner Pirat!"

„Wuff!", sagte Brutus. Danach war außer dem
Plätschern des Meeres an der Bordwand und den
nächtlichen Geräuschen aus dem Urwald nichts
mehr zu hören.

Am Morgen wachte Poti von einem verführeri-
schen Duft auf. Der kleine Pirat stand am Herd,
backte Brötchen und briet Spiegeleier.

„Guten Morgen! Bist du schon lange wach?" Der
Pirat drehte sich zu Poti um.

„Lange genug, um an Land ein paar Eier aus den
Nestern zu klauen", lachte der Pirat und begann,
den Tisch zu decken. Poti setzte sich auf und ließ
die Beine von der Hängematte baumeln. Er reckte
sich.

„Danke, dass ich die Nacht bei dir verbringen
durfte. Jetzt muss ich wohl mal überlegen, wie es
weitergehen soll. In die Stadt kann ich so schnell
nicht zurück."

„Nein, auf gar keinen Fall. Mit deiner weißen
Eisverkäufer-Kleidung wissen die Schergen genau,
wen sie suchen sollen. Du wirst nie beweisen
können, dass du den Schlüssel vom Prinzen
bekommen hast und eigentlich gar kein Einbrecher bist."

„Tja, eigentlich. Eigentlich ist eigentlich echt ein
blödes Wort. Bin ich nun ein Einbrecher, weil ich
Eis aus den Kellerverliesen geholt habe? Oder bin
ich kein Einbrecher, weil mir Pan den Schlüssel
dazu gegeben hat? Oder bin ich eigentlich doch ein
Einbrecher, aber eigentlich auch wieder nicht?"

„Hast du eigentlich gar keinen Hunger?", fragte der Pirat, verteilte die Spiegeleier auf zwei Teller und holte warme Brötchen aus dem Ofen. Poti schwang sich aus der Hängematte und knuddelte Brutus einmal durch, der erwartungsvoll vor ihm stand. Brutus gab den Weg zum Tisch frei. Poti setzte sich zum Piraten, der dampfenden Tee in Becher goss.

„Ingwer-Chili-Tee, nach einem Rezept meiner Mutter. Der bringt Leben in die hintersten Zellen deines Körpers."

Sie schlürften an ihrem Tee und begannen zu essen.

„Pass auf, Poti, ich habe mir etwas überlegt." Poti sah ihn an.

„Mit ist es egal, ob du eigentlich ein Einbrecher bist oder auch nicht. Ich finde es gut, dass du dich um den armen, einsamen Prinzen gekümmert hast, von dem die Welt nichts wissen soll. Es gibt nun drei schlimme Tatsachen, an denen sich etwas ändern muss. Erstens kannst du im Moment nicht zurück in deine Heimatstadt, weil die Schergen des Königs dich verfolgen. Zweitens bekommt Prinz Pan kein Eis und wahrscheinlich auch keine Aufmerksamkeit mehr. Das ist für den jungen Mann nicht gut. Und drittens gibt es keinen Nachschub mehr vom Grönlandeis, weil die Kögröli verschollen ist. Das ist nicht nur schade ums Eis, sondern für die Besatzung der Kögröli wahrscheinlich dramatisch."

Der Pirat hatte die Situation gut auf den Punkt gebracht. Poti erfasste langsam die ganze Tragweite seiner Geschichte. Was sollte er bloß tun? Er schaufelte ein Spiegelei auf eine Brötchenhälfte und biss herzhaft hinein, so dass das Eigelb sein Kinn herablief. Wie konnte ein Moment auf der einen Seite so ausweglos erscheinen und gleichzeitig auf der anderen so genussvoll sein?

„Wir segeln nach Grönland."

Poti verschluckte sich und hustete. Als er wieder Luft bekam, nahm er einen großen Schluck Tee und spürte die Wärme bis in die Zehenspitzen fließen.

„Äh ... wie?" fragte er.

„Es passt doch alles ganz gut. Ich habe die Graureiher gerade mit frischen Lebensmitteln ausgestattet. Das reicht für ein paar Monate. Und du hast sowieso nichts Besseres zu tun. Ich habe zwar keinen Seekarten von Grönland, aber mein Großonkel hat mir viel von der Küste erzählt und einen Schulatlas habe ich auch. Wir holen frisches Gletschereis und suchen gleichzeitig nach der Kögröli!"

Der Pirat strahlte. Poti gingen viele Fragen auf einmal durch den Kopf. Wie lange braucht man nach Grönland? Wie seefest ist die Graureiher? Kann er weg von der Insel, von seinem Zuhause? Welche Lebensmittel hat der Pirat an Bord? Bin ich selbst seefest? Die einzige Frage, die Poti über die Lippen kam, war:

„Wieso hast du einen Schulatlas?"

„Immer, wenn meine Eltern auf See waren, haben sie mich in das ‚Konservatorium für selbstversorgende Seefahrer' vor der Küste Venezuelas geschickt. Und sie waren oft auf See, weil sie erfolgreiche Piraten waren."

„Ach, das Piraten-Internat! Und dort hast du gleich gelernt, Schulbücher mitgehen zu lassen," lachte Poti. Der Pirat guckte zerknirscht auf seinen Teller.

„Ja, schon. Aber ich habe versucht, den Schulstempel von der ersten Seite abzukratzen." „Dann ist es ja gut!" Poti lachte so ausgelassen, dass Brutus aufsprang und ihn bellend unterstützte. Der Pirat schüttelte den Kopf und drehte die Augen zur Decke. Ein Kichern perlte seinen Hals empor und entfaltete sich auch zu einem fröhlichen Lachen.

„Heißt das, du bist einverstanden mit Grönland?"

„Ja, ha ha, ich hab' ja gerade nichts Besseres zu tun!" Der Pirat sprang auf und zog Poti mit sich. Lachend tanzten die beiden um den Tisch herum. Brutus bellte mit.

„Wir fahren nach Grönland! Wir fahren nach Grönland!"

Das Geschirr auf dem Tisch klapperte und die Graureiher begann zu schaukeln. Nach einer ganzen Weile beruhigten sie sich wieder und setzten sich japsend an den Tisch.

„Sag mal, kleiner Pirat, wie heißt du überhaupt?"

„Kosmo."

Poti streckte ihm seine große Hand entgegen.

„Kosmo, ich freue mich ungemein, dich kennengelernt zu haben."

Kosmo ergriff die Hand.

„Ich freue mich auch. Und jetzt an die Arbeit. Es gibt noch eine Menge zu tun, bevor wir nach Grönland aufbrechen können."

Den Vormittag nutzte Kosmo, um Poti die wichtigsten Handgriffe beim Segeln zu erklären. Poti erwies sich nicht nur als kräftig, sondern auch wissbegierig.

„Mit dir zusammen wird das Segeln viel einfacher werden", freute sich Kosmo. Nach dem Mittagessen ging ein tropischer Regenguss nieder, den der Eisverkäufer nutzte, um seinen weißen Sachen zu waschen.

„Weiß passt sowieso nicht auf die Graureiher. Ich hole dir ein paar anständige Seemannsklamotten."

Kosmo kramte hinter der vorderen Tür eine weite, blaue Baumwollhose und ein leichtes, rot-weiß-gestreiftes Leinenhemd hervor.

„Gegen die tropische Sonne kannst du dir dieses Tuch um den Kopf binden."

Kosmo gab Poti ein hellblaues Tuch, das er sich genauso piratenhaft um den Kopf band, wie Kosmo ein rotes Tuch trug.

„Komm, der Regen hat aufgehört. Ich zeig dir jetzt die Grundlagen der Navigation und des Rudergehens."

Kosmo war froh, dass er auf dieser Reise nicht allein sein würde. Wenn er sonst nachts durchfuhr, band er oft das Ruder fest und legte sich daneben schlafen. Bisher war das immer gut gegangen, bis auf einmal, als die Graureiher gegen einen schlafenden Wal fuhr. Zum Glück war sie nicht so schnell gewesen und streifte den Wal nur seitlich. Trotzdem hatte Kosmo sich fürchterlich erschreckt, als es rumpelte, die Graureiher stockte und die Segel schlugen, während der Wal prustete und mit der Schwanzflosse auf die Meeresoberfläche schlug, bevor er im Mondschein davonschwamm. Poti zeigte sich sehr gelehrig. Als die Sonne hinter dem Wald verschwand und es kurz danach stockdunkel wurde, war aus ihm schon fast ein Matrose geworden.

Unter Deck führte Kosmo seinen neuen Freund durch die beiden Kammern, in denen die verschiedensten Güter gestaut waren. Die Regale (Kosmo sagte ‚Schaps' dazu) in der vorderen

Kammer waren bis unter die Decke vollgestopft mit Säcken, Kisten, Decken, Fellen, Tampen, Fässern, Werkzeugen. Poti sah sogar ein Kästchen mit Goldschmuck und aus einer Ecke grinste ihn eine indianische Maske an.

Zunächst war es für Poti der reinste Wirrwarr, ein unglaubliches Durcheinander von Diebesgut und nützlichen Dingen. Kosmo erklärte das System dahinter und so entdeckte Poti doch eine gewisse Ordnung.

Weiter ging es in der hinteren Kammer. Sie erschien ihm noch vollgestopfter als die vordere Kammer.

„Hier ist alles, was wir für die Kombüse brauchen. Direkt am Eingang lagern die Sachen, die zuerst verbraucht werden müssen." Poti sah Bananen von der Decke hängen, ganze Hängematten voll mit Ananas oder Kartoffeln und fässerweise Wasser, Wein und Bier. Sie suchten sich gemeinsam Zwiebeln, Bohnen und Tomaten aus. Poti zauberte daraus ein Abendessen, während Kosmo sich über einige Seekarten und den alten Schulatlas beugte.

Als Poti das Essen auftrug, sagte Kosmo:

„Wir müssen erst ein ganzes Stück nach Osten segeln. Da der Wind überwiegend aus Nordosten kommt, wird das schwierig sein. Die Graureiher kann zwar gut hoch am Wind fahren, trotzdem werden wir den Kurs ein bisschen nach Südosten nehmen. Nach einer knappen Woche dann geht es nach Norden weiter. Immer nur nach Norden. Der Wind sollte dann von Westen kommen, so dass das kein Problem ist. Außer, dass es immer kälter wird."

Kälte kannte Poti bisher nur von seinem Eis. Wie ein ganzer Wind kalt sein sollte, konnte er sich nicht vorstellen. Er war gespannt darauf. Sie beschlossen, am nächsten Tag früh aufzustehen, damit die Reise beginnen konnte. Nach dem Spülen kroch jeder in seine Hängematte.

„Gute Nacht, Poti! Ich freue mich auf die Reise mit dir."

„Gute Nacht, Kosmo. Träum was Schönes!"

Brutus, der den Tag unter dem Tisch verschlafen hatte, kletterte die Treppe hoch und legte sich unter den Sternenhimmel an Deck.

„Aufwachen, unser Abenteuer beginnt heute!"

Kosmo stupste Potis Hängematte an, so dass der gemütliche Schiffsraum um ihn herum schwang, als er die Augen öffnete. Mit einem Mal wurde ihm klar, dass heute die Reise nach Grönland starten würde. Voller Tatendrang sprang er aus der Hängematte.

„Womit fangen wir an?"

„Wie wäre es mit Frühstück?", lachte Kosmo und deutete auf den reich gedeckten Tisch, auf dem sich geschnippeltes Obst neben Haferbrei türmte und der Kaffee aus den großen Bechern dampfte.

„Mmmh", machte Poti. Er war erst seit vorgestern an Bord der Graureiher und fühlte sich schon so Zuhause, dass ihm ganz warm im Bauch wurde. Das schöne Schiff mit dem heimeligen Wohnraum, der entspannte Brutus und das herzliche Lachen des keinen Piraten gaben ihm ein so wohliges Gefühl, wie Poti es in seinem ganzen Erwachsenenleben nicht mehr erlebt hat. Bevor ihm vor Rührung Tränen in die Augen steigen konnten, machte er sich zusammen mit Kosmo über die Leckereien her.

„Bevor wir den Anker lichten, sollten wir ein letztes Mal ausgiebig schwimmen und baden. Auf offener See ist das zu gefährlich", erklärte Kosmo.

Sie folgten Brutus an Deck und begannen, ihre Kleider auszuziehen. Als Kosmo das rote Piratenkopftuch abnahm, purzelten darunter zwei dicke, braune Zöpfe hervor. Poti stutzte und machte große Augen.

„Kosmo!", rief er erstaunt aus, dann begann er zu lachen. „Du bist ja ein Mädchen!"

Kosmo lachte sofort mit.

„Na klar, was denkst du denn?"

„Aber dann bist du ja kein kleiner Pirat, sondern eine Piratin!"

Kosmos Lachen verstummte und sie zog die Augenbrauen zusammen.

„Ok, ich bin voll und ganz ein Mädchen. Und ich bin und bleibe ein Pirat!"

Poti grübelte:

„Aber ein weiblicher Pirat muss doch eine Piratin sein, oder?"

Kosmo zuckte die Schultern.

„Ich weiß nicht so recht. Ist ein weiblicher Pirat nicht einfach ein weiblicher Pirat? Ich meine, ich bin doch von der Ausbildung her Pirat. Da muss doch niemand extra betonen, ob ich männlich oder weiblich bin. Bei den berühmten Piratinnen Anne Bonny oder Mary Read war das vielleicht etwas anderes. Die haben keine Piraten-Ausbildung gemacht, sondern sich in Piraten verliebt. Da haben sie einfach mitgemacht und sich trotzdem die ganze Zeit als Männer verkleidet, weil Frauen an Bord verboten waren. Das war dann was Besonderes. Ich bin aber ganz normal und an Bord der Graureiher ist niemand verboten, deswegen muss sich auch niemand verkleiden."

Damit sprang Kosmo kopfüber in das türkisblaue Wasser, gefolgt vom mächtigen „Platsch" des Bordhundes. Poti grübelte noch eine Weile, kam aber zu keinem Ergebnis und sprang schließlich zu den beiden im Wasser planschenden Wesen dazu. Mehrfach schwammen sie um die Graureiher herum, dabei spritzen sie sich gegenseitig Wasser ins Gesicht oder schwammen um die Wette.

„Komm' mit!" rief Kosmo und tauchte ab. Poti nahm einen tiefen Atemzug und holte Kosmo nach ein paar kräftigen Schwimmzügen unter dem Rumpf des Schiffes ein. Sie hielt sich mit einer Hand am Rumpf fest und deutete mit der anderen nach vorne in Richtung Anker. Sie befanden sich im Schatten des Schiffes. Kosmos Zöpfe wiegten sich im Wasser und flossen waagerecht neben ihrem Kopf nach hinten. Sie wirkten wie Pilotfische. Potis Blick folgte ihrem ausgestreckten Arm. Der Anker lag im Sand neben einer kleinen Felsengruppe, die von Korallen und Gräsern bewachsen war. Das Sonnenlicht brach sich an der Wasseroberfläche und sandte helle Lichtflecken und Glitzern auf die Felsen. Es dauerte einen Moment, bis Poti das ganze Leben zwischen den bunten Pflanzen wahrnahm. Da schwammen hunderte Fische. Gelbe Fische, blaue Fische, gestreifte Fische. Ein Schwarm kleiner, silbriger Fische schwamm hin und her und bei jeder Wendung warfen die Fischleiber das Sonnenlicht wie ein Spiegel zu Kosmo und Poti herüber. Rote Fische, gepunktete Fische. Fast öffnete Poti vor Staunen den Mund, konnte sich aber gerade noch zusammenreißen, um seinen Luftvorrat zu behalten. Sie betrachteten das Schauspiel mit den faszinierenden Farben und Lichtspielen, bis ihnen die Luft ausging und sie prustend an der Oberfläche auftauchten.

Kosmo legte Brutus eine breite Schlinge aus Segeltuch um den Bauch. Sie kletterten die Strickleiter an der Bordwand empor und zogen Brutus mit dem Flaschenzug hoch, mit dem sie auch schon den Eiswagen an Bord geschafft hatten. Brutus schüttelte sich und verteilte Wassertropfen wie glitzernde Diamanten an Deck. Auf dem gleichen Weg kam das Ruderboot an Deck und wurde festgezurrt.

Gemeinsam packten sie die Segel aus. Kosmo erklärte jeden Handgriff und Poti sog alles begierig auf. Mit vereinten Kräften hievten sie mit einer Winde am Bug den Anker aus dem Wasser.

„So", sagte Kosmo, „jetzt sind wir unterwegs."

„Ja", meinte Poti und blickte andächtig erst auf die Bäume am Rande der Bucht, dann hinaus aufs Meer, „ja, wir sind unterwegs."

Kosmo sprang an Deck herum, zog an verschiedenen Tampen und hisste von vorne nach achtern drei große Segel, während Poti am Ruder stand und nach ihren Anweisungen mal nach backbord und mal nach steuerbord lenkte. Kosmo stützte die Hände in die Hüften, zog die sommersprossige Nase kraus und beobachtete den Wind an einer kleinen Flagge auf dem vorderen Mast. Sie zog noch mal an dem einen und anderen Tampen, dann stellte sie sich neben Poti an Ruder und zeigte auf den Kompass.

„Wir müssen zuerst nach Osten segeln, um zwischen den Inseln herauszukommen. Am besten fährst du so, dass der Kompass 90 oder sogar 80 Grad anzeigt. Das wird wegen des Windes nicht immer gehen. Wenn die Segel einfallen, dann fällst du ab!"

„Wovon falle ich ab? Vom Glauben?"

„Quatsch, vom Wind. Wir haben den Wind jetzt von links, also von backbord. Damit fahren wir nach Südosten. Wir wollen aber nach Osten. Steuer mal ein Stück nach backbord rüber. Ja, genau, so ist es gut. Jetzt kommt der Wind schon von schräg vorne."

„Das ist ja verrückt. Ich dachte immer, man kann nur vorwärts segeln, wenn der Wind von hinten kommt."

„Ha ha, ja, das habe ich früher auch gedacht. Aber auf dem ‚Konservatorium für selbstversorgende Seefahrer' habe ich gelernt, dass das mit den unterschiedlichen Luftströmungen an der Außenseite des bauchigen Segels zu tun hat und mit dem kürzeren Weg der Luft auf der Innenseite."

Poti starrte sie irritiert an.

„Egal", winkte sie ab, „vergiss es. Aber jetzt pass auf, was passiert!"

Plötzlich begannen die Segel zu schlackern und zu schlagen, die Tampen tanzten ausgelassen über Deck. Poti war erschrocken. Kosmo grinste.

„Das passiert, wenn wir den Wind von vorne bekommen. Dann kann man wirklich nicht mehr segeln! Jetzt musst du abfallen. Also: Ruder nach steuerbord!"

Poti kurbelte und die Graureiher kam langsam mit der Nase rum. Die Segel füllten sich wieder mit Wind und das Schiff legte an Fahrt zu.

„Hast du nebenbei auf den Kompass geguckt? Ungefähr bei 85 Grad sind die Segel eingefallen. Versuch am besten, 90 Grad zu steuern. Ich kümmere mich ums Mittagessen."

Poti war ein bisschen erleichtert, dass er unbeobachtet ausprobieren konnte, wie hoch die Graureiher sich am Wind segeln ließ. Sobald die

Segel ins Schlackern kamen, fiel er wieder ein bisschen ab. Es klappte immer besser. Entspannt sah er auf die Meeresoberfläche, die in der Sonne glitzerte und funkelte. Seine Insel, auf der er sein gesamtes bisheriges Leben verbracht hatte, war zu einem grauen, langgezogenen Fleck achteraus geworden. Er erkannte noch den steilen Vulkankegel am nördlichen Ende der Insel, auf den er auf einer Klassenreise einmal gewandert war.

„Grönland", murmelte er und richtete den Blick wieder nach vorne. Ein paar Möwen umkreisten das Schiff. Kosmo tauchte mit zwei dampfenden Schüsseln auf, löste ihn am Ruder ab und setzte sich hinter das große Steuerrad auf die Planken. Mit ihrem rechten Fuß behielt sie das Ruder im Griff, während beide genüsslich den feurigen Linseneintopf verspeisten. Poti hatte den Eindruck, noch nie im Leben so etwas Leckeres gegessen zu haben.

Sie wechselten sich immer wieder am Ruder ab. Poti genoss besonders die warmen Nächte unter dem Sternenhimmel. Die Masten mit ihren Segeln zeichneten sich als dunkle Schatten vor dem ständig leicht hin und her schwankenden Sternen ab. An Steuerbord leuchtete das Kreuz des Südens, weit im Norden, knapp über dem Horizont, stand der Große Wagen. Meistens löste Kosmo ihn in der Morgendämmerung wieder ab, kurz bevor die Sonne als großer Glutball vor ihnen aus dem Meer stieg. Sie hatten ganz nebenbei eine Bordroutine entwickelt, wobei Poti den größten Teil der Essenszubereitung übernahm, während Kosmo sich um die Segel, die Tampen und alle möglichen kleinen und großen Baustellen am Schiff kümmerte. Nach dem Abendessen, wenn die

Sonne hinter ihnen im Meer versank und der Himmel nach einem kurzen Glühen pechschwarz wurde, saßen sie länger am Ruder beisammen und erzählten sich Geschichten aus ihrem Leben. Für Poti klangen die Erzählungen aus Kosmos unstetem Piratenleben nach dem reinsten Abenteuer.

Er erfuhr, dass es ein Zufall war, dass Kosmo ausgerechnet an diesem einen Tag an diesem einen Strand Pause gemacht hatte, denn sie hatte keinen festen Heimathafen und ließ ihren Anker einfach dort fallen, wo es ihr gerade gefiel. Kosmo hing ebenso gebannt an Potis Lippen, wenn dieser von der freundlichen Stadt mit weißen Häusern, dem quirligen Hafen und dem bunten Markt erzählte. Poti erzählte von seinen Nachbarn, von seinen Freunden, mit denen er abends am Hafen saß und vom König und seinem Sohn Pan.

„Pan tut mir leid."

Kosmo hatte sich auf den Rücken gelegt und sah in die langsam aufblitzenden Sterne. Es wurden immer mehr.

„Mir auch. Ich glaube, ich war sein einziger Kontakt außerhalb der Festungsmauern. Die Leute in der Stadt haben mir gar nicht glauben wollen, dass es Pan gibt. Man müsste ihn da rausholen. Er hat doch das Recht auf ein fröhliches Leben unter normalen Menschen."

Kosmo versuchte sich vorzustellen, wie sie sich hinter Festungsmauern fühlen würde. Eine helle Sternschnuppe schoss durch ihr Blickfeld am Himmel. Sie schloss kurz die Augen.

„Wenn wir mit dem Eis von Grönland zurückkommen, dann holen wir Pan da heraus! Wer weiß – vielleicht kann er ja ein guter Pirat werden." Obwohl sie Pan noch nie gesehen hatte, fühlte sie sich mit ihm verbunden.

Sie waren eine knappe Woche unterwegs, als Kosmo rief:

„Land in Sicht!" Poti, der gerade das Mittag zubereitete, stürzte an Deck. Am Horizont zeichneten sich im Dunst zwei Inseln ab, die linke davon höher als die rechte. Poti sah die Inseln langsam näherkommen, bis sich einzelne Palmen und Gebäude abzeichneten.

„Wir nehmen die flachere Insel, da kenne ich einen netten Ort, wo wir nochmal frischen Proviant einkaufen können."

Poti nickte und ließ die Hände, in denen er eine Kartoffel und ein Schälmesser hielt, sinken. Im fiel auf, dass er sich in den letzten paar Tagen so gut, so frei und so erfüllt wie noch nie zuvor gefühlt hatte. Als er nun wieder Land sah, fühlte er sich eingeengt. So begrenzt. Er schüttelte den Gedanken ab und kraulte Brutus den Kopf. Brutus hatte ihn angestupst, als ob er ihn trösten wollte. Lächelnd ging Poti zurück an seine Arbeit in der Küche.

Kurz vor Sonnenuntergang ließen sie den Anker in einer kleinen Bucht fallen, deren Hafen von einer langen, geschwungenen Mole geschützt wurde. Mit dem Ruderboot erreichten sie den Ort, banden das Boot fest und gingen auf eine Hütte zu, die nur aus einem Strohdach und einer Rückwand mit einem Tresen bestand. Unter dem Dach standen mehrere Tische, an denen ein gutes Dutzend Menschen saßen, lachten, sangen und plauderten. Zwei von ihnen sprangen auf, winkten und liefen auf Kosmo und Poti zu. Kosmo lief ebenfalls los und fiel beiden nacheinander um den Hals.

„Das sind Emanuel und Sara, alte Freunde von mir. Und das hier ist Poti, der Eisverkäufer. Der beste Freund, den ich mir denken kann."

Poti gab ihnen die Hand und lächelte verlegen. Er kannte es nicht, dass jemand etwas so Nettes über ihn sagte. Emanuel hakte sich gleich bei Poti unter und fragte ihn nach der Reise aus, während Sara mit Kosmo kichernd und plappernd hinterherkamen. Brutus umrundete die kleine Gruppe bellend mit Freudensprüngen. In der Hütte gab es ein großes Hallo. Es wurde Bier gereicht, frischer Salat und knusprig gebratener Fisch, den Sara gerade erst gefischt hatte. Emanuel fragte später, nachdem alle satt waren und ein paar alte Lieder gesungen worden sind, nach dem Ziel ihrer Reise.

Poti und Kosmo begannen abwechselnd ihre Geschichte zu erzählen. Die Gäste rückten näher heran und wurden leise.

„Grönland?" fragte Sara unsicher, „was weiß man denn über Grönland?"

„Nicht viel", antwortete Emanuel, „nur, dass es dort sehr kalt ist und Eisbären gibt."

Poti machte große Augen. Von Eisbären hatte er noch nichts gehört. Ob sie ebenso gerne Eis essen wie die Kinder aus seiner Stadt? Kosmo beschrieb, was sie aus ihrem Schulatlas über Grönland wusste.

„Wir werden uns sehr vorsichtig nähern und auf Eisberge aufpassen", schloss sie ihren Bericht. Es herrschte Schweigen in der Hütte, bis Emanuel aufsprang und rief:

„Ihr braucht bergeweise Obst, Gemüse und getrockneten Fisch!"

Sara legte ihre Hand auf seinen Arm.

„Das hat doch Zeit bis morgen. Jetzt wollen wir noch ein wenig singen und dann können Poti und Kosmo in unseren Gästehängematten schlafen."

Früh am nächsten Morgen begann ein reger Verkehr zwischen dem Ort und der Graureiher. Mehrere Ruderboote wechselten sich mit Kisten, Säcken und Fässern ab, die Poti mit dem Flaschenzug an Deck beförderte und Kosmo im Lagerraum verstaute. Poti hatte die Lagerräume schon für voll gehalten, aber Kosmo schien zaubern zu können. So würden die Vorräte ganz sicher bis Grönland und zurück reichen. Zum Schluss kam Sara an Bord und reichte beiden je eine dicke, rote Wollmütze mit einem Bommel.

„Ich habe vor Jahren mal einen Strickkurs gemacht. Meine Mützen wollte hier aber nie jemand haben. Nun weiß ich endlich, wofür das gut war. Die werden euch auf Grönland die Ohren wärmen."

Sie setzten die Mützen auf, zogen Grimassen, begannen sofort zu schwitzen und bedankten sich lachend bei Sara. Kosmo ruderte Sara zurück zum Strand, bezahlte mit gutem Piratengold die Einkäufe und verabschiedete sich. Poti hatte in der Zwischenzeit die Segel klar zum Setzen gemacht. Er hatte sich bei den Menschen auf der flachen Insel wohl gefühlt. Sie hatten ihn an seine Freunde erinnert, mit denen er abends so gerne am Hafen saß. Aber irgendwie wollte er lieber wieder draußen auf See sein. Er wollte weiter. Er wollte auf das Meer blicken, das eine unendliche Vielfalt an Wellen bereithielt. Er wollte auf den Horizont sehen, der mal als diffuse Region zwischen Himmel und Meer auftrat, mal als klare Linie zwischen hellem Himmel und dunklem Meer und mal als rotgolden leuchtender Schein, der den Tag am Abend oder am Morgen einrahmt. Sie hievten den Anker und die Reise nach Grönland ging weiter.

Kosmo steuerte die Graureiher zwischen den Inseln hindurch. Die Wellen wurden größer und der Wind stärker. „Wie kann das denn sein, dass das Meer auf der einen Seite der Inseln so anders als auf der anderen Seite der Inseln ist?", fragte Poti. „Wir sind jetzt im offenen Ozean, von dem die Inseln uns bisher noch abgegrenzt und geschützt haben", erklärte Kosmo. „Offener Ozean", wiederholte Poti, als ob er den Geschmack dieses Begriffes auskosten müsste. Aus der Kombüse schepperte es. „Ich denke, ich muss da unten einiges etwas seefester stauen", sagte Poti und verschwand nach unten. Kosmo atmete tief ein und stieß einen Juchzer gen Himmel aus. Sie genoss die Weite des Ozeans, über den die Graureiher mit einer rauschenden Bugwelle zu fliegen schien.

Die Sonne verkroch sich hinter einem Wolkenband, das sich über dem Horizont erstreckte. Poti stand am Bug und sah in die Ferne. Kosmo hatte das Ruder festgebunden und stellte sich neben ihn. Brutus stand auf seinen Hinterbeinen, legte die Vorderpfoten auf das Schanzkleid und schaute ins Wasser. Sie hatten seit einer Woche kein Land mehr gesehen. Oft sprangen Delfine in der Bugwelle und begleiteten das Schiff stundenlang. Poti hatte sich wie ein kleiner Junge gefreut. Genau wie er lief Kosmo jedes Mal an das Schanzkleid, wenn die fröhlichen Kameraden auftauchten. Man musste einfach lachen, wenn die Delfine ihre langen Nasen aus dem Wasser streckten und einen mit klugen Augen ansahen. Oder wenn sie tollkühne Sprünge und kunstvolle Längssaltos absolvierten. Es war faszinierend zu beobachten, wie die eleganten Tiere die Graureiher gerade bei hohen Geschwindigkeiten im Formationsschwimmen begleiteten und völlig zeitgleich für ihre Parallelsprünge aus dem Wasser auftauchten.

Gerade jetzt schwamm eine Mutter mit ihrem Delfinbaby vor dem Bug. Beide glitten in Harmonie die Wellen rauf und wieder runter. Manchmal schwamm die Mutter ein Stück seitlich und beobachte die beiden Menschen.

„Wer ist jetzt wohl neugieriger, wir oder sie?", fragte Poti.

„Ich frage mich ohnehin, wer mehr über die Welt und das Leben weiß: wir oder sie?", erwiderte Kosmo. Poti zuckte lächelnd die Schultern.

„Hauptsache, man ist zufrieden. Und ich bin im Moment einfach zufrieden."

„Das freut mich. Hast du die Seekrankheit endlich überstanden?"

„Ja", antwortete Poti, „aber zum Glück war es ja auch nicht so schlimm. Mir war kaum schlecht, aber ich war müde und lustlos. Seit heute kann ich wieder Bäume ausreißen. Die Masten lasse ich lieber stehen, dafür habe ich uns ein besonders leckeres Abendbrot gekocht."

Kosmo riss begeistert die Augen auf:

„Tatsächlich? Oh, ich habe so einen Hunger. Hurra!"

In den letzten Tagen hatte es meist nur trockenes Brot, ein paar Äpfel oder eine Banane gegeben. Nach einem prüfenden Blick auf das Ruder, die Segel und den Horizont gingen beide nach unten und zogen ihre Jacken aus. Draußen war es schon deutlich kälter geworden, nachts setzten sie sogar schon die roten Pudelmützen von Sara auf. Poti füllte erst einen bunten Salat in Schüsseln, dann servierte er gebackenen Kürbis mit gerösteten Kürbiskernen, dazu Reis und eine würzig-fruchtige Soße. Kosmo gingen die Augen über. Sie sprang auf, lief um den kleinen Tisch herum und drückte Poti einen Kuss auf die Wange.

„Danke, Poti!"

Der brummelte verlegen vor sich hin, lächelte dabei aber. Brutus knabberte an einem Fisch, den Poti ihm geangelt hatte. Für ihn war das auch ein Festessen, denn sonst gab es nur Trockenfutter und Getreidebrei für ihn. Sie genossen ihr Abendbrot, bis Kosmo wieder das Ruder übernahm und Poti sich bis Mitternacht in seine Hängematte legte. Als er Kosmo ablöste, kochte sie ihm eine Kanne heißen Ingwer-Chili-Tee, bevor sie sich schlafen legte. Es war empfindlich kalt geworden. Poti hatte eine dickere Jacke aus dem Vorschiff gekramt und zog seine Mütze tief ins Gesicht. Er war dankbar für Brutus, der es sich zur Angewohnheit gemacht hatte, sich auf Potis Füße zu legen. Das gab ein bisschen Wärme, vor allem aber ein gutes Gefühl der Zweisamkeit.

Sterne waren keine zu sehen und der Wind hatte zugenommen. Sie hatten in den letzten Tagen ein paar Mal gehalst, erst kam der Wind von steuerbord, mittlerweile aber direkt aus dem Westen an backbord. Sie fuhren einen Kurs genau nach Norden. Der Mond schien durch eine Wolkenlücke und Poti erkannte auf den Wellen weiße Kämme. Das hat es bisher auf ihrer Reise noch nicht gegeben. Kosmo hatte ihm eingeschärft, wann er sie aus der Hängematte holen soll. Auf jeden Fall, bevor der Tee ihm aus der Tasse flog. Am besten, wenn die Schaumkämme auf den Wellen größer und durchgehend wurden. Hin und wieder kamen einzelne Wellen am Bug über das Schanzkleid und strömten über das Deck, bevor das Wasser auf der Steuerbordseite durch ein Speigatt wieder ablief.

Der Mond verschwand hinter den Wolken, trotzdem erkannte Poti ein Leuchten an Deck. Er kniff die Augen zusammen, um das Trugbild loszuwerden, aber es verschwand nicht. Es schwappte am Mast entlang und lief weiter nach steuerbord. Ein grünliches, schwaches Leuchten.

„Ist das Meeresleuchten?", grübelte Poti. Er band das Ruder für einen Moment fest und blickte über das Schanzkleid. Tatsächlich: da, wo die Gischt der Bugwelle zurück ins Meer rauschte, leuchtete das Wasser. Das Leuchten zog sich am Bug entlang nach hinten. Poti staunte: nach achtern raus zog die Graureiher ein breites, leuchtendes Band im Kielwasser hinter sich her.

„Das ist Meeresleuchten!", bestätigte sich Poti. Zurück am Ruder grinste er vor sich hin. Es freute ihn, dass er dieses Phänomen entdeckt hatte. Die Fischer in seiner Heimatstadt hatten manchmal von diesem grünen Glühen berichtet, aber Poti hatte es immer für Seemannsgarn gehalten. Jetzt erlebte er es selbst und fand es nicht nur wunderschön, sondern irgendwie unwirklich. Überirdisch. Er schüttelte mal wieder seinen Kopf und lachte über sich selbst:

„Wie kann ich bloß so glücklich sein, obwohl ich gerade auf der Flucht vor den Schergen des Königs bin und meine Heimat verlassen musste?"

Brutus legte sich wieder auf seine Füße und schlief ein. Immer wieder warf Poti einen Blick über das Schanzkleid, um das Meeresleuchten zu betrachten. Da löste sich aus der leuchtenden Gisch am Bug eine schmale Leuchtspur, gefolgt von einer zweiten. Die Spuren zogen Schleifen neben dem Schiff, glitten die Wellen rauf, drehten um und kamen zurück.

„Delfine!", erkannte Poti. Die Delfine begleiteten Poti durch die erste Hälfte der Nacht, bis sie abdrehten und die Graureiher auf ihrem Weg nach Norden alleine ließen.

Der Wind blies die ganze Nacht beständig aus Westen, wurde zum Glück dabei nicht stärker. Die Welt um Poti herum wurde langsam von schwarz zu dunkelblau. Er hatte sogar den Eindruck, als würde es etwas ruhiger werden. Brutus erhob sich und tapste nach backbord und schob die Schnauze über das Schanzkleid. Ein langgezogenes, tiefes Schnaufen drang von der Wasseroberfläche empor, begleitet von einem feinen Nebelschleier. Poti erschrak, das Geräusch war ihm unbekannt und klang bedrohlich. Aus dem Augenwinkel sah er, dass Kosmos Kopf in der Luke erschien. Gerade als er sie warnen wollte, erklang das Schnaufen samt Nebelwolke noch einmal. Kosmo war mit wenigen, leisen Schritten am Schanzkleid, stand neben Brutus und winkte Poti heran. Sie flüsterte:

„Ein Wal! Ein Wachwechselwal. Du kannst dich schlafen legen."

Der Wal glitt neben der Graureiher her. Ein großer, dunkler Körper, der sich nicht zu bewegen schien und dennoch mit der Geschwindigkeit des Schiffes mithielt. Er atmete noch ein paar Mal, dann tauchte er leise ab. Poti schloss den Mund wieder und spürte die Gänsehaut, die ihm dieses Erlebnis beschert hat. Der Horizont im Osten war an einem blassen Schimmer zu erkennen, die Morgendämmerung begann.

„Gute Wacht!", wünschte Poti.

„Gute Nacht!", erwiderte Kosmo.

In seiner Hängematte träumte Poti von leuchteten Delfinen und Walen in einem großen, dunklen Meer.

Jeden Tag wurde es etwas kälter. Kosmo und Poti holten nach und nach mehr Kleidungsstücke aus dem Vorschiff. Sie sahen mit ihren dicken Schichten aus Wolle und Pelz langsam aus wie flauschige Tonnen auf zwei Beinen, wenn sie an Deck arbeiteten oder am Ruder standen. Die Segel hatten sie schon zwei Mal gerefft, trotzdem schoss die Graureiher weiter in einem hohen Tempo nach Norden. Die Kälte machte ihnen nichts aus. Die Luft kam nur im Gesicht mit ihrer Haut direkt in Kontakt und Poti genoss die Frische. Er hielt seine Nase in den kalten Wind und atmete tief ein. Fast kam es ihm wie ein erfrischendes Getränk vor, nur dass es nicht seinen Rachen hinab in den Magen lief, sondern durch die Nase in die Lungenflügel gelangte und von dort in die Blutbahnen und in seine Muskeln und Sehnen und Knochen. Poti spürte eine Lebendigkeit, beinahe ein Kribbeln in seinen Händen und Füßen.
Der Wind nahm zu, die Sonne blitze immer seltener hinter hohen Wolkenbergen hervor. Wenn sie schien, leuchteten die Wellenkämme unter der weißen Gischt in Flaschengrün. Ohne Sonne wirkten die Wellen dunkler, massiver und graublau. Nach dem Abendessen übernahm Poti wie gewohnt das Ruder, Kosmo blieb jedoch an seiner Seite stehen. Die Sonne war noch nicht untergegangen. Die Tage im Norden schienen länger zu sein als in den Tropen. Vor ihnen lag drohend eine schwarze Wolkenwand, aus der dunkle Regenschleier herabfielen.

„Das sieht nicht gut aus!" Kosmo zog die Stirn kraus.

„Aber wir müssen da durch. Die Segel brauchen wir nicht noch weiter zu reffen, aber wir müssen gut auf uns aufpassen. Brutus, du gehst unter Deck!"

Brutus tapste mit hängendem Kopf zur Luke. Kosmo spannte einen langen Tampen vom Bug bis zum Ruder und zurrte ihn an den beiden Masten fest. Sie schlang erst Poti und dann sich einen Tampen um den Bauch, an dessen Ende ein Karabiner befestigt war.

„Du kennst ja schon den Spruch ‚eine Hand fürs Schiff, eine Hand für dich'", erklärte Kosmo, „ab jetzt gilt ‚eine Hand und ein Tampen für dich', klar?"

Sie pickte Potis Tampen in einer Öse am Fuße des Ruderstandes ein, sich selbst an dem langen Tampen, der nach vorne führte. Die ersten Regentropfen klatschten an Deck. Die Graureiher wurde unruhiger. Poti hatte den Eindruck, als müsse er am Ruder die Graureiher so bändigen, als wäre sie ein Hund, der gegen den Widerstand seiner Leine ankämpfte und immer in die andere Richtung ziehen würde. Mit zunehmendem Wind legte sich das Schiff weiter nach steuerbord. Kosmo sah abwechseln in die Gischt der größer werdenden Wellen, in die Segel und zu Poti. Unter ihren Füßen spürte sie das Vibrieren der Kräfte, die von außen auf die Graureiher einwirkten und von ihr zu Geschwindigkeit umgewandelt wurden. Es wurde dunkler, stürmischer und nasser. Poti hielt die Graureiher auf ihrem Kurs hoch am Wind, so dass die Wellen fast von vorne kamen und sie eine Welle nach der anderen erklimmen konnten, um sie danach hinunterzurutschen. Sie wechselten sich öfter am Ruder ab, da es anstrengend war, den Kurs bei dem Sturm zu halten. In den Masten heulte der Wind.

„Wenn nur die Schoten halten. Bitte, liebe Graureiher, lass die Schoten halten!", beschwor Kosmo ihr Schiff.

Einige Brecher kamen über den Bug und rauschten über das Deck nach achtern. Kosmo und Poti duckten sich und zogen ihre Kapuzen weit über das Gesicht, damit weniger Gischt in den Kragen gelangen konnte.

„Du bist ein toller Seemann!", lobte Kosmo den Eisverkäufer, „du stehst da und hältst dem Sturm stand, als hättet du dein Leben lang noch nie etwas anderes gemacht!"

Poti nickte nur. Er fühlte sich so in seinem Element, obwohl er versuchte, sich die Situation, in der sie sich befanden, klarzumachen.

„Ich stehe hier in einer Nussschale mit einem kleinen Piraten, den ich noch keine drei Wochen kenne, und kämpfe mich durch den schlimmsten Sturm meines Lebens, wobei ich von Wellen durchgeschüttelt werde, die höher sind als mein Haus!"

Gerade donnerte wieder ein Brecher über den Bug, die Graureiher schüttelte sich. Und dann war plötzlich Ruhe. Kosmo, die gerade am Ruder stand, kurbelte schnell nach steuerbord, denn durch den plötzlich fehlenden Winddruck schoss die Graureiher in den Wind und die Segel schlugen. Kosmo fing die Graureiher wieder ein, die Segel blähten sich sanft und die Fahrt ging weiter über große Wellen, jetzt aber langsamer und ruhiger. Der Regen hatte aufgehört und am Himmel waren Sterne zu sehen. Poti sah Kosmo verwundert an:

„Was ist das denn jetzt?"

„Man nennt das ‚Rückseitenwetter', das Sturm-
tief ist nun durchgezogen. Wir haben es geschafft",
sagte Kosmo lächelnd.

Man sah ihr die Erleichterung an. Im Nordosten
dämmerte der nächste Morgen heran. Poti kochte
Kosmo einen Tee, schlüpfte in seine Hängematte
und schlief erschöpft ein.

„Poti! Komm hoch, sieh dir das an!"

Poti ließ die Tomaten in die Spüle kullern,
steckte das Messer unter das dicke Holzbrett, griff
Jacke und Mütze vom Haken und folgte Kosmos
freudigem Ruf an Deck. Eine fahle Sonne schien
auf die dunkelgrauen Wellen, die langezogen unter
der Graureiher hindurchzogen.

„Komm nach steuerbord", rief Kosmo und
winkte unter dem Baum des Großsegels hervor.
Poti zog den Kopf zwischen die Schultern und
schob sich unter dem Segel durch.

„Da!", machte Kosmo und zeigte ein kleines
Stück voraus. Ihre Augen glänzten. Vor ihnen
erhob sich ein Eisberg aus dem Wasser. Auf der
der Sonne zugewandten Seite strahlte er gleißend
weiß. Im Schatten und vor allem kurz über der
Wasseroberfläche hatte der Eisberg eine hellblaue,
fast schon ins Türkis gehende Farbe. Er wurde
genau wie die Graureiher von den Wellen angeho-
ben und sank in das nächste Wellental. Kosmo
erkannte ein paar Möwen, die den Eisberg
umkreisten. Langsam schob sich die Graureiher
auf ihrem Weg nach Norden an dem gewaltigen
Eisklotz vorbei. Als der Eisberg querab war, sah
Kosmo von den Masten zum Eisberg und zurück.

„Der ist höher als die Masten!", sagte sie
erstaunt.

„Und das meiste ist unter der Wasseroberfläche verborgen", ergänzte Poti. Sie sahen dem Eisberg noch lange nach. Poti dachte an das Schokoladeneis und den einsamen Prinzen Pan. Kosmo erinnerte sich an die weißen Strände und das türkise Wasser ihrer Heimat.

„Soll ich dich am Ruder ablösen?", fragte Kosmo.
„Brauchst du noch nicht. Ich bin jedenfalls noch nicht müde. Ist es denn schon so spät?"
Kosmo zuckte mit den Schultern.
„Keine Ahnung."
Die Sonne ging nur noch für eine kurze Zeit unter und blieb dabei so knapp unter dem Horizont, dass es nicht mehr dunkel wurde. Die beiden Seefahrer hatten das Zeitgefühl verloren. Sie aßen, wenn sie Hunger hatten und schliefen, wenn sie müde waren. Poti zog die Augenbrauen zusammen und blinzelte.
„Täusche ich mich oder ist dort Land?"
Kosmos Augen folgten seinem Blick und blieben am Horizont hängen. Undeutlich zeichnete sich eine graue Masse im Dunst ab.
„Vielleicht ist es auch nur eine Wolke", winkte Poti ab.
„Nein, sieh nur: man erkennt graue Felsen und obendrauf liegen weiße Gletscher. Du hast Grönland entdeckt!"
Kosmo hüpfte vor Freude und Brutus konnte sich ein „wuff" nicht verkneifen. In den letzten Tagen hatten sie immer mehr Eisberge und viele kleine Eisschollen gesehen.
Langsam manövrierten sie die Graureiher auf den letzten Meilen vor ihrem Ziel durch das Labyrinth aus Eis. Kosmo stand am Bug und zeigte Poti immer die Richtung an, in die er steuern sollte.

Manchmal rumpelten kleinere Eisstücken an die Bordwand. Grönland wurde immer größer und größer. Die schroffen, grauen Felsen nahmen schließlich fast ihr gesamten Gesichtsfeld ein. Die See war ruhig, eine sachte Brise brachte sie langsam voran. Die Felsen und das Eis spiegelten sich im Meer. Die Eisberge wurden immer größer. Lautlos glitten sie an ihnen vorbei und sahen ehrfürchtig hinauf.

„Können wir für dein Eis ein paar Eisbrocken aus dem Wasser fischen?"

„Hm. Nein, lieber nicht. Das Eis wird vom Seewasser salzig sein. Es ist besser, wenn wir frisches Gletschereis von Land holen."

Zwischen zwei Eisbergen entdeckten sie eine halbrunde Bucht mit einem breiten, grauen Strand aus Steinen. Kosmo barg die Segel und lotete den Grund aus, bis sie Poti das Kommando zum Fallenlassen des Ankers gab. Das Ruderboot wurde ins Wasser gelassen und Brutus in das Ruderboot. Zu dritt ruderten sie an Land, zogen das Boot auf den Strand und sahen sich um. Poti schwankte. Er lachte:

„Jetzt habe ich mich so an das Meer gewöhnt, dass ich das Land gar nicht mehr abkann!"

Sie schritten den Strand erst in die eine, dann in die andere Richtung ab. Zwischen den Steinen lag Treibholz in allen Größen. Sogar ein paar große Baumstämme fanden sie, obwohl es weit und breit keinen einzigen Baum gab.

„Woher die Bäume wohl kommen?", wunderte sich Poti.

„Wahrscheinlich mit der Strömung ganz aus Russland. Ich zeige dir das nachher mal in meinem Schulatlas."

Am südlichen Ende der Bucht erreichten sie eine Gletscherzunge, die sich weit ins Meer hineinschob.

„Das ist gutes Eis", befand Poti, als er sich mit einem Stein ein Stück abgeklopft und gegen die Sonne gehalten hatte.

Sie beschlossen, den Tag mit einem Lagerfeuer am Strand ausklingen zu lassen und am nächsten Morgen mit Hämmern und Brecheisen zurückzukommen. Schnell war ein ordentlicher Holzhaufen zusammengesammelt und Kosmo entzündete an ein paar trockenen Seegrashalmen ein lustiges Feuer. Sie setzen sich auf einen Baumstamm und blickten in die Flammen. Poti hatte einen Eintopf mit an Land gebracht, Kosmo zauberte eine Flasche Rotwein und zwei Becher aus den Taschen ihrer dicken Jacke hervor. Ausgelassen feierten sie ihre Ankunft auf Grönland. Als sie müde wurden, rollten sie sich neben dem Feuer zusammen und schliefen unter der tiefstehenden Sonne ein.

„Wuff! Wuff wuff!"

Erschrocken fuhren Kosmo und Poti aus dem Schlaf auf. Warum machte Brutus so einen Lärm? Wo war er überhaupt?

Brutus stand am Ende der Bucht, wo der Gletscher den Strand begrenzte.

„Kläfft er den Gletscher an?" wunderte sich Kosmo.

„Nein, auf dem Gletscher bewegt sich etwas."

Konzentriert starrten beide auf die unterschiedlichen Schattierungen von Weiß und versuchten, etwas zu erkennen. Brutus' Kläffen wurde lauter, hektisch sprang er am Fuße des Gletschers hin und her.

„Das ist ...", stammelte Poti und suchte nach den richtigen Worten, „das ist ein ... riesiger, weißer Bär!"

Kosmo erkannte es jetzt auch. Über den Gletscher kam ein großer Eisbär auf sie zu.

„Ein Eisbär! Die können lebensgefährlich sein. Wir müssen hier weg, schnell!"

Sie griffen nach ihren Sachen und rannten zum Ruderboot.

„Brutus!", rief Kosmo immer wieder, „Brutus!"

Brutus hörte nicht, er kläffte weiter den Eisbären an. Poti versuchte, Kosmo ins Boot zu ziehen, aber sie rührte sich nicht von der Stelle. Sie rief, Brutus kläffte. Der Eisbär hatte die Gletscherkante erreicht. Er blickte zu Brutus herunter und schien sich zu erschrecken. Er zog den Kopf ein und setzte sich auf seine Hinterbeine. Brutus bellte weiter. Der Eisbär besann sich, kam wieder auf alle Viere und lief über den Gletscher weg.

„Puh", seufzte Kosmo, „ohne Brutus hätte der uns zum Frühstück vernascht."

„Das war ja ein riesiges Tier", sagte Poti, „ich dachte, ein Eisbär ist ein kleines, kuscheliges Wesen."

Brutus kam angelaufen und beide kraulten ihn dankbar hinter den Ohren.

Die nächsten beiden Tage verbrachten Kosmo und Poti damit, Eis vom Gletscher abzuschlagen, mit dem Ruderboot zur Graureiher zu bringen und es dort in Luken unter den Laderäumen zu stauen. Ob es tatsächlich zwei Tage waren, konnten sie nicht sicher sagen, weil es nie dunkel wurde, aber es kam ihnen ungefähr so vor. Poti staunte immer wieder, was sich alles im Rumpf der Graureiher verbarg. Einige dieser Luken waren mit Steinen gefüllt.

„Das ist Ballast, damit das Schiff besser im Wasser liegt", erklärte Kosmo. Die Steine warfen sie über Bord und füllten die Luken randvoll mit klarem, bläulich schimmerndem Eis. Während ihrer Arbeit am Gletscher ließen sie Brutus Wache gehen, aber der große Eisbär kam nicht zurück.

Brutus genoss den Auslauf und tobte den Strand auf und ab. Einmal verschwand er zwischen den Felsen und gerade als Kosmo anfing sich Sorgen zu machen, kam er mit etwas im Maul zurück. Kosmo staunte:

„Du hast ein Kaninchen gefangen?"

Sie wunderte sich zum einen, dass es auf Grönland Kaninchen gab, zum anderen hatte Brutus noch nie ein anderes Tier gefangen. Es war ein hellbraunes, fast weißes Kaninchen. Das Fell sah ein bisschen schmuddelig aus. Die Ohren waren von innen zartrosa, der Bauch weiß. Brutus legte das Kaninchen Poti zu Füßen ab und schleckte einige Male über sein Fell. Kosmo wunderte sich noch mehr: wieso schien das Kaninchen überhaupt nicht verletzt zu sein? Und wieso schleckte Brutus an ihm wie an einem Eis? Poti beugte sich zum Kaninchen runter.

„Das ist ja gar nicht tot! Das lebt ja!", rief er erstaunt aus.

Brutus bekräftigte die Feststellung mit einem „wuff". Poti hob es auf, legte es vorsichtig in seine Armbeuge und streichelte sanft über seinen Kopf. Das Kaninchen blinzelte, schien zu seufzen und schloss die Augen wieder.

„Brutus, wo hast du dieses kleine, halb verhungerte Geschöpf den bloß gefunden?"

Brutus hechelte, drückte sich an Potis Beine und wedelte mit dem Schwanz.

„Na, dann sind wir wohl ab jetzt zu viert", stellte Kosmo fest. Sie ruderte ihre drei alten und neuen Freunde zur Graureiher, half Poti dabei, das Kaninchen unter Deck zu bringen und richtete ihm neben dem Herd eine leere Orangenkiste mit einer flauschigen Decke her. Zunächst behielt Poti das Kaninchen auf dem Schoß, gab ihm mit dem Finger ein paar Tropfen Wasser direkt in die kleine Schnauze und hielt ihm eine Karotte vor die Nase, die sehr schnell verschwunden war. Dann bettete er das Kaninchen in die Orangenkiste, wo es sofort wieder einschlief.

„Komm, Brutus, wir müssen unsere Arbeit an Land zu Ende bringen", sagte Kosmo und zog Brutus vom Kaninchen weg. Mit einem kleinen Winseln blickte Brutus auf das kleine Pelzbündel zurück, folgte dann aber an Deck und ins Ruderboot.

Abends – also zu einem Zeitpunkt, als alle müde und hungrig waren – waren alle Luken randvoll mit Eis. Kosmo und Poti schnippelten und kochten gemeinsam ein besonders leckeres Essen, während Brutus neben der Orangenkiste wachte und manchmal zärtlich über das helle Fell des Kaninchens leckte. Nach dem Essen saßen sie gemeinsam am Tisch, tranken einen Tee und sahen Brutus zu, der das Kaninchen bewachte.

„Du, Kosmo?", fragte Poti, „fahren wir morgen eigentlich wieder nach Hause?"

Kosmo nahm ihren Tee in beide Hände und sah hinein, als läge die Antwort auf dem Grund der Tasse.

„Ich meine ja nur, weil wir doch noch nach der Kögröli sehen wollten. Wenn sie in Grönland festsitzen, werden sie bestimmt nicht weit weg von hier sein. Ich glaube, sie sind immer nur bis an den südlichsten Zipfel von Grönland gefahren."

Kosmo nickte.

„Natürlich suchen wir. Mir graut nur davor, dass wir sie nicht finden und irgendwann die Entscheidung treffen müssen, umzukehren und ohne sie zurückzufahren."

Jetzt verstand Poti, warum Kosmo bei dem Thema so bedröppelt dreinschaute. Für Poti war es völlig klar gewesen, dass sie die Kögröli mit der gesamten Mannschaft fanden. Aber Kosmo hatte Recht: vielleicht war das Schiff auf dem offenen Ozean verschwunden. Oder an einem Eisberg zerschellt und gesunken. Oder alle an Bord waren krank geworden. Oder …

„Poti, mach nicht so ein Gesicht! Wenn sie noch leben und in Grönland sind, dann finden wir sie! Haben wir genügend Karotten für das Kaninchen? Wir fahren noch sieben Tage lang weiter nach Norden und suchen die Küste ab. Dann drehen wir um."

Poti nickte.

„Das ist ein guter Plan."

Sie legten sich in ihre Hängematten, zogen die dicken Decken bis über ihre Ohren und schliefen schnell ein. Brutus schleckte über das Kaninchen, bevor er sich vor der Orangenkiste zusammenrollte und ebenfalls einschlief.

An der Küste wechselten sich Gletscher, die langsam ins Wasser drifteten, graue Felsen und Buchten mit steinigen Stränden ab. Es war bewölkt, so dass sie die Tage weiterhin nach ihrem Gefühl zählen mussten. Ohne Kompass hätten sie nicht einmal gewusst, ob sie nach Norden oder nach Süden fahren. Sie kamen nur langsam voran, weil sie in jede Bucht hineinfuhren, aber vorsichtig sein mussten, weil viel Eis auf dem Meer schwamm. Nachts ankerten sie hinter schützenden Felsen oder nahe am Strand, wenn das Wasser für die Graureiher tief genug war. Sie ruderten an Land, sammelten Treibholz ein und machten ein Feuer.

Das Kaninchen war immer mit dabei. Es hatte schon am ersten Morgen angefangen, durch das Schiff zu hoppeln und Brutus war immer in seiner Nähe. Wenn es an Land ging, ließ es sich von Brutus widerstandslos in die Schnauze nehmen. Er trug es vorsichtig die steile Treppe hoch und hielt es auch fest, wenn er mit dem Flaschenzug ins Ruderboot runtergelassen wurde. Beide sprangen ausgelassen am Strand herum, das Kaninchen jagte Brutus Schwanz hinterher und Brutus jagte dem Kaninchen hinterher. Kosmo und Poti hielten Gemüsespieße ins Feuer und lachten über das Spiel der Tiere.

„Ich bin jetzt satt", sagte Poti später, „und ziemlich müde. Meinst du, es ist Abend und wir können schlafen gehen?"

„So müde wie ich bin", antwortete Kosmo, „muss es schon ganz schön spät sein. Vielleicht sogar schon Mitternacht."

Beide guckten in die Richtung, in der wahrscheinlich die Sonne hinter einer dicken, grauen, eintönigen Wolkendecke verborgen war. Wahrscheinlich war sie hinter der Wolkendecke sogar unter dem Horizont verschwunden. Jedenfalls blickten sie nach Norden.

„Vielleicht ist es aber auch nur Zeit für einen Mittagsschlaf", sagte Poti, nachdem sie ausgiebig auch im Süden die graue Wolkendecke betrachtet hatten. Sie löschten das Feuer mit Sand und Kies, räumten ihre Sachen zusammen und pfiffen nach Brutus und dem Kaninchen. An Bord ging es in die Hängematten, in die Orangenkiste neben dem Ofen oder auf den Boden vor der Orangenkiste.

Ungefähr drei oder fünf Tage lang – wer weiß das schon so genau? – hatten sie eine Bucht nach der anderen abgesucht, hatten schroffe Klippen umschifft und gewaltige Gletscher in leuchtenden Blau-Grün-Tönen gesehen. Sie ließen zwischen zwei Gletscherzungen, die einen rotbraunen Strand einrahmten, den Anker fallen und packten die Segel ein. Brutus und das Kaninchen rannten um den Vormast im Kreis herum.

„Heute koche ich uns mal wieder etwas Schönes am Herd, dann brauchen wir nicht das Ruderboot auszusetzen. Was hältst du von knusprigen Bratskartoffeln und Sellerieschnitzeln?"

Kosmo sah begeistert auf.

„Au ja, das hatten wir lange nicht. Aber wieso sagst du eigentlich immer ‚Bratskartoffeln'?"

„He he," kicherte Poti, „ich habe als kleiner Junge an den Sonntagen in der Kirche geholfen. Jedes Mal, wenn ich die Gesangsbücher verteilen wollte, hat der Pastor den Zeigefinger gehoben und mit wichtigtuerischer Stimme gesagt ‚es heißt Gesangbücher, ohne S. Es heißt ja auch nicht ‚Bratskartoffeln!' Seit dem heißen die Bratskartoffeln bei mir eben Bratskartoffeln."

„Ah, das ist logisch."

Kosmo nickte verständnisvoll. Sie verzurrten die Segel und räumten die Tampen auf, die wie Spaghetti über das Deck verteilt waren.

Kosmo hob den Kopf.

„Es ist so ruhig."

Poti hielt in der Arbeit inne und lauschte. Es war tatsächlich ganz leise geworden. Kein Lüftchen regte sich, das Wasser plätscherte nicht am Rumpf, selbst die ewigen Möwen waren verstummt. Da brach zum ersten Mal seit Tagen die Wolkendecke auf und goldene Sonnenstrahlen ließen die Gletscher glitzern und funkeln.

„Wow!", flüsterte Kosmo.

Die Welt leuchtete in Gold, Weiß, Grün und Blau um sie herum auf. Selbst Brutus und das Kaninchen hielten ehrfürchtig in ihrem Toben inne, setzten sich neben Kosmo und Poti und sahen in die traumhafte Glitzerwelt.

Von der offenen See her drang ein sanftes Rauschen zu ihnen hinüber, das von leichten Klappergeräuschen begleitet wurde. Es klang, als würden Kinder mit kleinen Holzschwertern vorsichtig das Fechten üben. Die Geräusche kamen dichter und das Wasser zwischen den zahlreichen kleinen Eisschollen kräuselte sich leicht. An einer Stelle begannen die Eisschollen zu schwanken, obwohl es weder Wind noch Wellen gab.

„Was ist das?", fragte Kosmo erstarrt.

„Da kommt irgendetwas auf uns zu", antwortete Poti leise und ging fast unmerklich einen Schritt zurück, weil die Sache ein bisschen unheimlich war. Jetzt sahen sie Bewegungen zwischen den Schollen.

„Das sind Einhörner!", rief Poti erstaunt. Mit großen Augen und offenem Mund sah er auf die Wasseroberfläche. Zwischen den Eisschollen kamen tatsächlich lange, gedrehte Hörner auf sie zu. Sie klackerten mal aneinander, dann wieder an die Eisschollen. Sie tauchten ab und an andere Stelle wieder auf. Es waren vier, fünf, sechs, nein:

sie zählten sogar sieben einzelne Hörner, die dem Schiff immer näherkamen.

„Narwale! Oh, Poti, das ist ein so seltenes Naturschauspiel. Narwale gelten tatsächlich als die Einhörner der Meere."

Poti löste sich aus seiner Starre und trat neben Kosmo ans Schanzkleid. Tatsächlich konnte er jetzt die runden Köpfe und langen Körper am Ende der langen Hörner erkennen. Die Wale umschwammen das Schiff. Immer wieder tauchten sie gemeinsam ab, so dass ihre dunkelgrauen, gewölbten Rücken auftauchten. Sie schienen den Rumpf der Graureiher mit ihren langen, spitzen Hörnern abzutasten. Einige kamen mit ihren Hörnern sogar so dicht, dass Kosmo sie berühren konnte. Brutus gab ein leises Fiepen von sich. Poti nahm das Kaninchen auf den Arm, damit es später seinen Freunden von dieser besonderen Begegnung erzählen konnte.

„Die Hörner sind ja mindestens zwei Meter lang! Und von dem großen Wal dort bestimmt drei Meter!", rief Kosmo begeistert aus.

Sie hing mit dem Oberkörper über dem Schanzkleid, streckte die Arme aus und winkte den einzigartigen Geschöpfen. Poti hatte eine Gänsehaut bekommen. Nicht, weil ihm kalt war, sondern weil der Moment so unfassbar schön war. Das goldene Licht, der glitzernde Gletscher, die großen, sanften Einhörner der Meere. Die Narwale schwammen unter dem Schiff hin und her und kamen immer wieder zu Kosmo und Poti, um sie mit ihren dunklen Augen anzusehen. Wenn sie sich, scheinbar wie im Spaß, nach hinten wegfallen ließen, konnten Kosmo und Poti die hellen, getupften Unterseiten der Wale sehen.

Am liebsten hätten sie die Zeit angehalten. Stattdessen standen sie mit angehaltenem Atem an Deck und sogen die unvergleichlich schönen Bilder in sich auf.

„Klack! Klack!" machten die Hörner untereinander und an der Bordwand.

„Ob sie damit kommunizieren?" fragte Kosmo.

„Hauptsache, sie spießen sich nicht gegenseitig auf", entgegnete Poti.

„Ach was!", entgegnete Kosmo empört. In dem Moment verschwand das goldene Licht. Die Sonne ging hinter dem Gletscher unter.

„Es ist tatsächlich Abend", freute sich Kosmo, „Zeit fürs Abendbrot."

Die Narwale verließen die Graureiher einer nach dem anderen. Bevor sie sich umdrehten und zurück zum offenen Meer schwammen, winkten sie mit ihren langen Hörnern zum Abschied. Zumindest erschien es dem kleinen Piraten und dem Eisverkäufer so.

Die Bratskartoffeln an diesem Abend waren die allerbesten, die beide jemals gegessen hatten.

„Einhörner bringen Glück", sagte Poti.

„Ja, sie sind ein sehr gutes Omen", entgegnete Kosmo. Beide hofften, dass das für das Finden der Kögröli galt, aber beide behielten diesen Gedanken für sich, denn vielleicht war das genauso wie mit den Wünschen bei einer Sternschnuppe, die man auch nicht laut sagen sollte.

Am nächsten Tag stellten sie einen Rekord im Absuchen von Buchten auf. Bucht – Gletscher – Felsen – Bucht – Felsen – Bucht – Gletscher. Und dazwischen Treibeis, Treibeis, Treibeis. Einmal stießen sie auf eine Kolonie von Walrossen, die ihre massigen Leiber dicht an dicht am Strand ausruhten und sie aus ihren feuchtglänzenden Augen irgendwie genervt ansahen.

Die Sonne zeigte sich zwischendurch wieder öfter. Abends ankerten sie an einem schmalen Strand, der schon nach wenigen Metern in einen steilen Abhang überging. Die Felsen umschlossen die Bucht fast kreisförmig, sie hatten die Graureiher sehr vorsichtig durch eine schmale Öffnung zwischen den schroffen Klippen hineinmanövriert.

„Guck mal," sagte Kosmo und zeigte auf die nördliche Klippe, „das sieht aus wie ein schlafendes Kaninchen, das langsam kopfüber ins Meer rutscht."

Poti erkannte die angelegten Ohren sofort in der Gesteinsformation und ebenso die Stupsnase, die knapp über dem Meer als Begrenzung der Bucht das Ende der Klippen darstellte. Kosmo sammelte Treibholz, Poti bereitete das Abendessen, Brutus und das Kaninchen rannten den Strand auf und ab. Als das Feuer fröhlich knisterte und der Gemüseeintopf im Kessel dampfte, kuschelte sich Brutus an die ausgestreckten Beine von Kosmo. Poti nahm das Kaninchen auf den Schoß. Kosmo erzählte Geschichten aus ihrer Zeit im ‚Konservatorium für selbstversorgende Seefahrer', wo sie mit ihren Freunden alle erdenklichen Streiche ausgeheckt hatte und die Lehrer zum Wahnsinn getrieben hatte.

Poti erzählte von seiner Stadt und seinen Freunden und den Fischern. Das Kaninchen hatte die ganze Zeit die Ohren gespitzt, als ob es interessiert lauschen würde. Brutus schnarchte.

„Da kommt was!" Poti deutete mit seinem Kinn in Richtung der Öffnung der Bucht. Kosmo hoffte auf Narwale und sah auf die Meeresoberfläche. Um die Stupsnase des Kaninchens kam ein kleiner

Schatten in die Bucht. Keine Wale. Es war etwas auf der Wasseroberfläche, nicht im Wasser. Als die Konturen deutlich wurden, standen der Eisverkäufer und der Pirat gleichzeitig auf. Das Kaninchen rutschte zu Boden und kroch beleidigt an Brutus' Seite. Was sich da näherte, war so unwahrscheinlich und so unwirklich wie ein echtes Einhorn: es war ein Ruderboot mit zwei Gestalten darin.

„Ob das ...?" versuchte Poti zu fragen.

„Oh ja, das müssen sie einfach ...!", stotterte Kosmo zurück.

Ist das endlich ein Lebenszeichen der Kögröli?

„Hallo! Hallo, hallo!", riefen beide, winkten mit ausgestreckten Armen und liefen das kurze Stück zum Wasser hinunter.

Die beiden Ruderer sahen zwar auf, antworteten aber nicht. Ihre Bewegungen waren langsam. Sie ruderten, als würden sie dem Wasser nicht wehtun wollen. Kosmo und Poti waren aufgeregt, sie konnten nicht stillstehen. Am liebsten hätten sie mit langen Armen den Ruderern geholfen, endlich an Land zu kommen. Endlich erreichte das Boot mit einem sanften Knirschen den Strand. Poti zog es sofort ein Stück weiter hoch.

„Oh", war alles, was Kosmo bei dem Anblick der schmalen Gestalten in viel zu dünnen, verschlissenen Hemden und fadenscheinigen Hosen sagen konnte. Unter den tief ins Gesicht gezogenen Kapuzen schauten zwei große Augenpaare auf sie und den Eisverkäufer. Die Augen machten fast das ganze Gesicht aus. Die Wangen waren eingefallen, die Nasen ragten spitz hervor, die Lippen waren schmale, bläuliche Linien. Eine leichte Brise ließ das weite Hemd des bärtigen, älteren Ruderers flattern. Es umspielte einen knochigen Körper, die einzelnen Rippen zeichneten sich ab.

„Bitte helft uns", sagte er, „wir sind dreizehn Männer und wir brauchen ..."

„Etwas Warmes zu essen!", unterbrach Poti betont fröhlich, um die gedrückte Stimmung zu lösen.

Ohne zu zögern beugte er sich ins Boot, schob dem Bärtigen einen Arm unter die Knie und einen unter die Arme, hob ihn heraus und ging mit ihm Richtung Feuer.

„Ich bin Poti, der Eisverkäufer", erklärte er dabei, „und der kleine Pirat heißt Kosmo. Wir haben euch gesucht. Ihr seid doch von der Kögröli, oder?"

Der Bärtige sah ihn mit aufgerissenen Augen und offenem Mund an und nickte.

„Hurra, wir haben euch endlich gefunden! Oder, besser gesagt, ihr habt uns gefunden. Jetzt gibt es erst einmal eine warme Suppe für euch beide. Und dann müssen wir uns schnell um eure Kameraden kümmern. Sind sie weiter von hier weg? Ach, jetzt iss' erstmal etwas. Aber langsam, langsam."

Poti goss Wasser in den Gemüseeintopf, um ihn zu verlängern. Er rührte ihn um, probierte vom großen Kochlöffel und füllte dem Bärtigen etwas in eine kleine Schale. Dessen Hände schlossen sich um die Schale, um sich zu wärmen. Er hielt die Nase über die Suppe, atmete tief ein und murmelte „danke!"

Kosmo half dem anderen Ruderer, der deutlich jünger war, aus dem Ruderboot und stützte ihn auf dem Weg zum Feuer. Tränen hinterließen helle Spuren in seinem schmutzigen Gesicht. Kosmo führte ihn zum Bärtigen und er nahm neben ihm auf einem Baumstamm Platz. Poti reichte auch ihm eine Schale mit Suppe. Sie ließen die beiden in Ruhe schlürfen und stellten Überlegungen an, wie sie so schnell wie möglich zur Mannschaft der Kögröli gelangen und ihnen etwas zu essen bereiten könnten, denn das schien ihnen beim Anblick der beiden Ruderer das Allerwichtigste.

Nach dem Essen stellten sie sich noch einmal ausführlicher vor, erzählten von ihrer Reise und zeigten auch Brutus und das Kaninchen. Dabei rissen sich beide fürchterlich zusammen, denn sie konnten es kaum erwarten, mehr Einzelheiten von den Ruderern zu erfahren. Aber sie wollten nicht drängeln und gönnten den armen Kreaturen die warme Suppe. Der Jüngere lächelte langsam und wischte sich die Tränen aus dem Gesicht.

„Ich bin Matrose Milo und das ist unser erster Steuermann Kouri."

Der Bärtige nickte und legte Milo kurz seine Hand auf das Knie.

„Milo ist der Jüngste von uns und er hat noch am meisten Kraft", erzählte Kouri, „deswegen bin ich mit ihm losgerudert, als wir den Rauch über dem Felsen aufsteigen sahen. Es ist so schön, euch zu sehen!"

Kouri schluckte und auch ihm liefen ein paar Tränen der Erleichterung über die Wangen.

„Wollt ihr noch ein bisschen Suppe?", fragte Poti und füllte beiden noch etwas nach.

„Wir bringen jetzt alles auf die Graureiher, auch euch und euer Ruderboot. Habe ich das richtig verstanden, dass die Mannschaft gleich in der nächsten Bucht ist? Dann fahren wir dort sofort hin. Unterwegs könnt ihr uns alles erzählen. Oh man, ich bin so erleichtert, dass ihr da seid", seufzte Kosmo.

Sie nahmen das Ruderboot der Kögröli in Schlepp und ruderten erst mit Brutus und dem Kaninchen zur Graureiher und hievten alles an

Bord. Mit der nächsten Fuhre folgten Milo und Kouri und das Kochgeschirr. Kouri hoben sie wie Brutus mit einer Schlinge um den Bauch an Deck, Milo konnte die Strickleiter allein hochklettern. Während Kosmo die Segel klarmachte, verfrachtete Poti die beiden dünnen, schlotternden Gestalten nach unten, wo er das Feuer im Herd schürte und ihnen Tee kochte. Milo setzte sich an den Tisch, Kouri wurde von Poti in seine Hängematte gehoben. Milo erklärte ihm, dass die Mannschaft und die Kögröli sich tatsächlich nur eine Bucht weiter befanden. Dort hatten sie vor fast einem Jahr ihr Lager aufgeschlagen, nachdem die Kögröli einen Mast verloren hatte, als sie im Spätsommer, nach einer guten Eissammel-Saison weiter im Norden, auf dem Heimweg in einen Sturm geraten war. Sie konnten die Kögröli gerade noch in die Bucht manövrieren, dort ist sie aber auf Grund gelaufen, weil sie die Anker nicht rechtzeitig ausbringen konnten und der Wind sie auf den Strand gedrückt hat.

„Das war noch Glück", ließ sich Kouri aus der Hängematte vernehmen, „der Sturm hätte uns auch auf die Felsen drücken können, dann wäre die Kögröli in der Brandung zerschellt!"

Poti ging an Deck, um mit Kosmo den Anker zu lichten und ein oder zwei Segel zu setzen. Die Reise ging zwar nicht weit, aber sie mussten durch die enge Öffnung der Bucht und um den kaninchen-förmigen Felsen herumnavigieren. Zum Glück wurde es nicht dunkel, obwohl die Sonne gerade wieder untergegangen war. Außerhalb der Bucht wehte es etwas stärker und die Graureiher begann zu schaukeln. Kosmo stand am Ruder, Poti behielt die Segel im Auge.

„Was die Männer wohl durchgemacht haben",
fragte Kosmo, „wenn sie ein ganzes Jahr hier
ausharren mussten?"

„Unvorstellbar", schüttelte Poti den Kopf, „zum
Glück sind alle noch am Leben! Wenn wohl auch
ziemlich ausgehungert. Ich bereite schon mal mehr
Gemüse für einen besonders großen Suppentopf
vor. Klopf drei Mal aufs Deck, wenn es hier oben
heikel wird!"

Kosmo lenkte die Graureiher nach Norden. Der
Horizont vor ihr leuchtete durch die knapp dahinter versunkene Sonne in warmen Tönen. Der
Felsen an backbord, der von dieser Seite gar nicht
mehr wie ein Kaninchen aussah, hatte ebenfalls
eine warme, orange Farbe angenommen. Die
schroffen Berge weiter im Landesinneren wirkten
hingegen graublau und düster. Kosmo konnte sich
nicht entscheiden, ob sie diese Landschaft, die nur
aus Fels, Meer und Eis zu bestehen schien, schön
oder schrecklich finden sollte. Jedenfalls war sie
faszinierend. Zumindest im Sommer, wenn die
Temperaturen noch auszuhalten waren.

Was haben die Männer der Kögröli im Winter
erlebt? Kosmo wusste, dass die Sonne im Winter
gar nicht aufgeht und es unbeschreiblich kalt in
Grönland ist. Heftige Stürme mit Schnee und
dauerhafte Dunkelheit machten ein Überleben in
diesen Breiten nahezu unmöglich. Neben ihr
schnaufte ein Wal seinen Blas in die kalte, klare
Luft. Sie überholte eine Eisscholle, auf der sich
einige Robben ausruhten. Als sie begann, in die
Bucht einzulenken, in der die Kögröli liegen
musste, klopfte sie drei Mal mit ihrem Teebecher
aufs Deck. Poti erschien wenig später an Deck, zog
sich die Mütze von Sara über die Ohren und

machte den Anker klar zum Fallen. Kosmo steuerte um einige Eisschollen und die letzte spitze Felsnadel herum.

Vor ihnen tat sich eine weite Bucht auf, die im Süden von dem Kaninchenfelsen und im Norden von einer gewaltigen Gletscherzunge eingeschlossen wurde. Vom Gletscher wehte eine eiskalte Brise herab. Es gab nur ein kleines Stück Strand an dem Ende zum Gletscher hin. Der größte Teil der Bucht bestand aus Geröll, das von den dunklen, steilen Felsen herabgestürzt sein musste.

Sie ragte zu weit aus dem Meer heraus und krängte nach steuerbord. Der vordere Mast hing abgeknickt über Deck und bis ins Wasser, war aber mit den anderen beiden Masten noch mit Tauwerk verbunden. Sie wirkte wie ein überdimensionales Tier, das verletzt und hilflos gestrandet ist. Hinter ihr, am Strand, liefen Männer zusammen. Kosmo zählte. Elf Männer. Alle da.

Gut.

In sicherer Entfernung, aber eben dicht genug, gab Kosmo das Kommando zum Fallenlassen des Ankers. Gleichzeitig holte sie das letzte Segel runter und band es fest. Während die Graureiher zur Ruhe kam, setzten sie das Ruderboot aus, holten das Kochgeschirr und das Gemüse sowie Brutus und das Kaninchen an Deck und brachten alles an Land. Die beiden Schiffbrüchigen ließen sie in den Hängematten, wo sie tief und fest schliefen.

Die Begrüßung durch die elf Männer verlief zunächst zögerlich. Die Männer hatten monatelang gehofft und gebangt, so dass sie jetzt kaum glauben konnten, dass endlich ein Schiff zur Hilfe gekommen ist. Nach und nach drang es aber in ihr Bewusstsein, dass das Schiff mit den beiden freundlichen Menschen kein Trugbild war und sie begannen abwechselnd oder sogar gleichzeitig zu lachen und zu weinen.

Kosmo heizte das Feuer, das an dem Strand dank des überall zahlreich vorhandenen Treibholzes seit fast einem Jahr brannte, ordentlich an, damit Poti die Gemüsesuppe fertigkochen konnte. Wahrscheinlich war es schon weit nach Mitternacht, als alle gemeinsam um das Feuer saßen, langsam ihre Suppe schlürften und sich gegenseitig ihre Geschichten erzählten.

Als die Kögröli ihren Mast verloren hatte, waren die Männer erleichtert gewesen, dass sie sich in diese Bucht retten konnten. Sie wollten nach einer kurzen Erholungspause den Mast ganz abschlagen und durch einen Baumstamm ersetzen, den sie am Strand gefunden hatten. Sie stellten allerdings schnell fest, dass sie komplett ohne Werkzeug nach Grönland aufgebrochen waren. Keine Axt, keine Säge, kein Hammer, kein Nagel. Erst hatten sie noch versucht, mit scharfkantigen Steinen die Tampen zu durchtrennen, um den gebrochenen Mast von Bord zu bekommen, was sich aber als sehr schwierig herausstelle. Dazu ließen die Kräfte der Männer mit dem schwindenden Tageslicht schnell nach.

Die Tage wurden kürzer und vor allem kälter. Dem Kapitän der Kögröli, Rodolfo, wurde klar, dass sie es nicht mehr schaffen würden, Grönland vor dem Winter zu verlassen und ihr größtes Problem gar nicht der Mast war, sondern die Nahrungsmittel, die er rationierte und so einteilte, dass sie bis zum Ende des Winters reichen würden.

Die Männer richteten sich ein. Um trockenen Fußes auf ihr Schiff zu gelangen, warfen sie Steine ins Wasser und legten große Äste darüber, so dass ein einfacher Steg entstand. Sie schliefen an Bord, hielten sich tagsüber aber meistens an Land auf, so sie auch die Käfige mit dem Schwein, den Hühnern und den Kaninchen an eine schützende Felswand gestellt hatten. Sie suchten nach Pflanzen und probierte alle Blätter und Flechten. Die Ausbeute war leider sehr gering.

Als ein „tagsüber" nicht mehr zu erkennen war, verließen sie die Kögröli nur noch, um Holz zu sammeln und die Tiere zu versorgen, von denen jede Woche eines auf dem Speisezettel stand. Die Dunkelheit des Grönländischen Winters war schlimmer als die Kälte. Gegen die Kälte hatten sie ihr Herdfeuer, aber die Dunkelheit kroch in ihr Gemüt. Sie saßen zusammen in der Wärme des Mannschaftslogis, erzählten von zu Hause oder schmiedeten Pläne, wie sie die Kögröli wieder seetauglich bekommen könnten. Sie erzählten jeden Tag weniger. Und sie hatten auch immer weniger Ideen, wie die Reparaturen vonstatten gehen sollten. Draußen pfiff ein eiskalter Wind durch die mitgenommene Takelage des Schiffes, die Männer spürten bei den Böen ein Vibrieren durch das Schiff und ihre Knochen gehen. Die Planken verschwanden unter einer dicken Schicht aus Schnee. Die Bucht war zugefroren und außer dem Wind gab es draußen kein anderes Geräusch, nicht einmal mehr die Möwen waren da. Ihre Kleidung war nicht für den grönländischen Winter gemacht. Der Kapitän verkleinerte die Rationen noch einmal, was die Stimmung auch nicht hob. Dafür achtete er mit Strenge darauf, dass gewisse Bordroutinen eingehalten wurden, um den Männern eine Struktur im Tagesablauf und eine Aufgabe zu geben. Das Stundenglas musste gedreht werden, das Schiff geputzt, das Holz gesammelt, das Schiffstagebuch geführt werden und so weiter. Manchmal versuchte einer der Männer ein fröhliches Lied anzustimmen, da aber keiner in den Gesang einfiel, ließ er es bleiben und summte fortan eine traurige Melodie allein vor sich

Der Tiefpunkt war erreicht, als das letzte Kaninchen, das für Weihnachten eingeplant war, zwei Tage vor dem Schlachttermin verschwand. Geklärt war die Sache bis heute nicht ganz genau. Als Milo, der zum Füttern und Saubermachen des Stalls eingeteilt war, morgens nach dem Weihnachtsbraten sehen wollte, stand die Stalltür offen und es war verschwunden. Hatte er am Tag zuvor die Tür nicht richtig geschlossen? Hat ein anderer Matrose Mitleid mit dem Kaninchen bekommen? Hat ein Eisbär vielleicht die Tür aufbekommen?

Obwohl es keineswegs festgestanden hatte, dass Milo am Verlust des Weihnachtsbratens Schuld hatte, wurde er von einigen Matrosen schräg angesehen. Die Stimmung im Mannschaftslogis war frostig, bis Rodolfo ein Machtwort sprach und Kouri einen unachtsamen Seehund erlegte. Bei dem Teil der Geschichte mit dem Kaninchen sah Poti sich unauffällig nach Brutus um. Er war wie üblich erst einige Zeit mit dem Kaninchen über den Strand getobt, lag jetzt aber mit ihm auf den Pfoten in der Nähe des Feuers und döste. Kosmo war nicht so diskret wie Poti. Sie zeigte auf das Kaninchen und fragte:

„Kann es sein, dass Brutus euer Kaninchen gefunden hat?"

Die Männer sahen sich um und begannen zu lachen. Es war tatsächlich ihr Weihnachtsbraten, der da zusammengerollt auf den großen Tatzen des braunen Hundes schlief.

„Wenn es den Winter hier überlebt hat", sagte der Kapitän, „dann hat es sein Leben wohl verdient. Und eure Suppe ist mindestens ein angemessener Ersatz!"

Die Männer nickten und Poti entspannte sich.

„Ich würde es auch nicht wagen, diesem Hund das Kaninchen wegzunehmen. Der kann sogar Eisbären verjagen!", erklärte Kosmo.

„Jetzt aber alle ab in die Koje!", bestimmte der Kapitän, als die Suppe leer und das Feuer fast runtergebrannt war, „morgen haben wir viel zu tun!"

Satt und ausgeschlafen trafen am nächsten Morgen beide Schiffsmannschaften in voller Stärke am Strand ein. Kosmo präsentierte stolz ihre Werkzeuge. Poti grinste dabei ein bisschen. Sicherlich hatte Kosmo eine beeindruckende Werkzeugsammlung. Dass sie jetzt aber so schnell alles zusammengesammelt hatte, lag nur daran, dass Poti zwei Tage lang, als sie noch auf See waren, im Vorschiff aufgeräumt und alles systematisch sortiert hatte. Es war ihm ein Rätsel, wie Kosmo sich in den Regalen und Schaps zurechtfinden konnte. Nägel verschiedener Größen lagen zusammen mit Goldmünzen in einer alten Dose, die Sägen hingen mit warmen Fellen an einem Haken und die große Axt stand so neben dem Eingang, dass sie bei jeder siebten Welle umfiel und die Tür blockierte.

Sie verteilten die Werkzeuge, der Kapitän gab Anweisungen und alle verfielen in fröhliche Geschäftigkeit. Die dreizehn Männer schienen über Nacht wie ausgewechselt zu sein. Von den traurigen, eingefallenen, grauen Gestalten des Vortags war nichts mehr über. Ja, sie waren noch dünn, weil sie lange gehungert hatten. Aber sie hatten wieder Zuversicht und Lebensmut. Sie scherzten fröhlich miteinander und sangen sogar lustige Lieder, mit denen die Arbeit – so kam es Kosmo jedenfalls vor – leichter von der Hand ging.

Der gebrochene Mast wurde vom Tauwerk gekappt und ging endgültig über Bord. Geschickte Hände spleißten neues Tauwerk an. An Land wurde ein Baumstamm zurecht gesägt und gehobelt. Mit vereinten Kräften und trickreichen Flaschenzug-Konstruktionen gelangte der neue Mast schon am zweiten Tag an Bord und wurde aufgerichtet. Das Ereignis wurde am Abend ausgelassen am Feuer gefeiert. Poti machte herrlich gewürzte Gemüsespieße, dazu gab es auf Steinen gebackene, knusprige Brotfladen. Kosmo spendierte ein kleines Fass Wein, das bei den entwöhnten Männern allerdings sehr schnell anschlug. Sie sangen und tanzten ums Feuer und ließen ihrer neu gewonnenen Lebensfreude freien Lauf.

Am dritten Tag wurde der Mast mit Stagen und Wanten stabilisiert und das Segel angeschlagen. Als die Kögröli ihren Mast samt Segel zurückhatte, wurden alle Hände gebraucht, um sie wieder in tieferes Wasser zu ziehen. Dazu musste das gesamte Eis, das nun schon seit dem letzten Sommer in den Laderäumen gestaut war, über Bord geworfen werden. Sie warteten die Flut ab und wurden von einem Landwind unterstützt, der die Segel leicht blähte. Mit beiden Ruderbooten zogen die Männer und Kosmo setzte sogar bei der Graureiher Segel und holte mit Poti den Anker für einen Moment ein, um die Kögröli aus dem seichten Wasser zu ziehen. Erst bewegte sie sich gar nicht, aber alle gaben mit enormer Verbissenheit ihre ganze Kraft, so dass der Rumpf erst ruckte und sich dann langsam und knirschend löste, bis die Kögröli sich aufrichtete und wieder frei im Wasser schwamm.

Poti ging am vierten Morgen mit dem Proviantmeister der Kögröli ins Achterschiff der Graureiher, um die Vorräte aufzuteilen. Wie gut, dass sie so viele gute Sachen gebunkert hatten! Die beiden Ruderboote wechselten den ganzen Nachmittag zwischen beiden Schiffen hin und her, um Bananen, Ananas, Mangos, Kartoffeln, Zwiebeln, Reis, Getreide, Bier und Wein für dreizehn Leute auf die Kögröli zu bringen.

Am fünften Tag schlugen sie frisches Eis vom Gletscher. Abends lag die Kögröli mit vollen Laderäumen tief im Wasser. Der kleine Pirat, der Eisverkäufer und die dreizehn Mann von der Kögröli versammelten sich abends zum Abschiedsessen um das Feuer. Den Schiffbrüchigen waren die Strapazen des langen, dunklen Winters kaum noch anzusehen. Sie freuten sich unbändig darauf, die Heimreise antreten zu dürfen und waren dankbar, dem Hungertod gerade noch einmal von der Schippe gesprungen zu sein. Sie saßen mit Bier und Wein auf Baumstämmen um das Feuer, verspeisten Potis Gemüsebratlinge und plauderten.

„Wir segeln zusammen zurück", sagte Roldofo zu Kosmo, „dazu überlasse ich euch Milo und Kouri, damit ihr sicherer nachts durchsegeln könnt. Wichtig ist, wenn wir weit genug im Süden sind und die Nächte wieder dunkler werden, dass an Deck immer eine Laterne brennt, damit wir uns nicht verlieren."

Kosmo sprach mit dem Kapitän die Einzelheiten der Rückreise ab, sie saßen über eine Seekarte gebeugt und benutzten navigatorische Fachausdrücke, die Poti völlig unbekannt waren. Poti schloss die Augen und lauschte den Gesprächen, ohne wirklich zuzuhören. Die Wellen brachen sich sanft am Strand. Irgendwo weiter hinten bellte Brutus, der mit dem Kaninchen über das Geröll tobte. Poti dachte daran, wie die Reise vor ein paar Wochen begonnen hatte. Er dachte an seine lebendige Heimatstadt, an die schwüle Wärme im Urwald und an die erste Begegnung mit Kosmo. Wie viel hatte er seitdem erlebt und gelernt! Er konnte Segel flicken, einen Kurs halten, durch Eisschollen manövrieren und für fünfzehn Leute auf einem offenen Feuer kochen! Sie hatten das Ziel ihrer Reise erreicht, nun konnte es zurückgehen. Zufrieden lächelte er vor sich hin. Er würde wieder mit seinem Eiswagen durch die Straßen ziehen und abends mit seinen Freunden am Hafen sitzen. Milo würde bestimmt dazu kommen. Ob er auch den Prinzen wiedersehen würde? Ein bisschen bange war dem Eisverkäufer, dass er seine Unschuld noch beweisen musste, damit der König ihm verzieh und seine Schergen nicht mehr hinter ihm herjagen muss. Zusammen mit dem Eis in den Laderäumen der Graureiher und der gesamten Mannschaft der Kögröli sollte das aber gelingen.

„Träumerle!", stupste Kosmo ihn an, „alle sind schon in die Koje gegangen, damit wir morgen endlich nach Hause fahren können. Wir wollen früh aufbrechen. Ab mit uns in die Hängematten!"

Poti stand auf und spürte ein letztes Mal die harten Steine des grönländischen Strands unter seinen Füßen. Sie riefen Brutus, der mit dem

Kaninchen angerannt kam, verfrachteten das Kochgeschirr, die Tiere und sich selbst ins Ruderboot und schließlich an Bord der Graureiher.

Am Morgen erwachten Kosmo und Poti davon, dass die Strickleiter gegen die Bordwand rumpelte, als Milo und Kouri an Bord kamen.

„Hallo, ihr Schlafmützen! Aufstehen, wir wollen nach Hause!", rief Milo.

„Ich koche euch wohl erstmal einen anständigen Kaffee" sagte Kouri, als er mit einem glücklichen Lächeln die Treppe herunterkam.

Der alte Steuermann und der Eisverkäufer kümmerten sich um das Frühstück und zurrten unter Deck alles seefest. Milo und Kosmo machten die Segel klar. Kapitän Rodolfo hob einen Arm hoch und zeichnete mit dem Finger Kreise in die Luft: das Zeichen zum Hieven des Ankers.

„Gute Reise!", rief er herüber.

„Gute Reise!", antworteten Kosmo und Milo. Vor ihnen glitt die Kögröli langsam aus der Bucht. Immer mehr Segel erschienen an den Masten und sie nahm Fahrt auf. Die Graureiher folgte ihr raus auf den Ozean. Milo stand ganz vorne am Bug, reckte seine Arme in den Himmel und schrie vor Glück:

„Wir fahren nach Hause!"

Die Rückreise verlief angenehm. Die Schiffe blieben immer in Sichtweite. Jeden Abend vor dem Sonnenuntergang kam die Kögröli so nah an die Graureiher heran, dass die Mannschaften sich etwas zurufen konnten. Sie konnten beruhigt in die Nacht reinfahren, denn alle waren gesund und guter Dinge. Kosmo nutzte die Tage, um viele Instandhaltungsmaßnahmen an der Graureiher durchzuführen. Milo half ihr dabei. Kouri und Poti kochten und putzten und saßen stundenlang an

Deck zum Plaudern, denn sie hatten festgestellt, dass sie viele gemeinsame Bekannte unter den Fischern der Stadt hatten. Die Tage wurden wieder kürzer, die Nächte wieder dunkel und die Mützen verschwanden im Vorschiff. Je dunkler die Nächte wurden, desto höher stieg die Sonne am Taghimmel. Nach den Mützen verschwanden die dicken Jacken, dann die Wollpullis und die dicken Hosen. Kosmo genoss den warmen Wind, der ihr luftiges Leinenhemd bewegte. Unter ihren endlich wieder nachten Füßen spürte sie die warmen Planken, die sich in den langen Wogen des Ozeans sanft auf und ab bewegten.

Milo rieb sich die Augen.

„Es ist verrückt, aber ich habe das Gefühl, als wäre der Sandmann dagewesen. Als ob ich Sand in den Augen hätte. Und im Mund auch!"

Er griff nach seiner Wasserflasche, die am Gürtel hing, nahm einen Schluck, spülte den Mund aus und spuckte das Wasser ins Meer.

„Das täuscht nicht", sagte Kosmo und blinzelte ein wenig, „wir sind ziemlich dicht an Afrika dran. Die Passate wehen wohl gerade den Rest eines Sandsturms aus der Sahara zu uns herüber."

„Afrika?", rief Milo erschrocken aus, „wieso denn Afrika? Ich will nach Hause!"

Er starrte Kosmo mit offenem Mund an. Afrika war für ihn am anderen Ende der Welt, sofern es denn überhaupt existierte und nicht ins Reich der Legenden gehörte, mit seinen rätselhaften, tiefschwarzen Bewohnern und den großen, grauen Fabelwesen mit dem langen Rüssel, Elofanten oder so ähnlich. War Kosmo etwa doch ein heimtückischer, gefährlicher Pirat, der gerade dabei war, die

Mannschaft des Königs in eine Falle zu locken und zu entführen?

Kosmo sah, dass es hinter Milos Stirn arbeitete und dass sie ihn wirklich erschreckt hatte.

„Milo, das ist schon ok so, wir fahren nach Hause. Ihr seid mit der Kögröli wohl immer den kürzesten Weg von Grönland nach Hause gesegelt?"

„Ja, natürlich, welchen Weg denn sonst?" schimpfte Milo. Er verschränkte die Arme und sah in den milchigen Himmel, der zum Horizont hin einen gelblichen Farbton angenommen hatte.

„Afrika!" spuckte er verächtlich aus.

Kouri hatte den Dialog zum Glück mitbekommen und sprang Kosmo zur Seite.

„Milo, wir sind auf dem Heimweg", sagte er beschwichtigend und legte einen Arm um Milos Schultern, die der dann nur noch höher zog.

„Mit der Kögröli sind wir immer dicht unter der Ostküste des wilden Landes zwischen Grönland und unserer Heimat gesegelt. Wenn du dich erinnerst: wir mussten oft wenden und halsen, wenn der Wind umsprang oder wir Untiefen ausweichen mussten. Außerdem sind wir immer sehr hart am Wind gefahren, was für die Rudergänger genauso anstrengend war wie für die Kögröli selbst. Dafür waren wir immer genügend Männer an Bord. Und der König hat uns jedes Jahr neue Segel bezahlt. Jetzt fahren wir eine Route, die ein bisschen länger ist, sich aber fast von allein segelt: erst mit den Westwinden nach Südosten vor Afrikas Küste dann ganz bequem mit den Passaten nach Hause nach Westen."

Milo ließ die Schultern wieder sinken.

„Hm", machte er. Er hatte sofort verstanden, dass Kouri Recht hatte. Jetzt wusste er auch, warum Kosmo ihm letzte Nacht eine Kursänderung von 130 auf 270 Grad gegeben hatte, während sie mit Potis Hilfe die Segel schiftete, um eine Halse zu fahren. Sie hatten in der Nacht die Passate erreicht. Milo schämte sich, dass er Kosmo unterstellt hatte, ihn zu entführen, auch wenn er es nur gedacht und nicht laut ausgesprochen hatte. Außerdem kam er sich ein bisschen blöde vor, weil er so wenig von Afrika wusste.

„Ich wollte sowieso gerade ein frisches Eiswasser von unten holen, soll ich dir eins mitbringen, Kosmo?", fragte er und lächelte Kosmo unsicher an.

„Au ja, und bring doch gleich meinen alten Schulatlas mit an Deck, ich will da noch etwas nachsehen."

Kosmo und Kouri grinsten sich an, als Milo in der Luke verschwand. Sie hatten Milo, in dessen Gesicht man wie in einem offenen Buch lesen konnte, beide durchschaut.

Als sie sich mit dem Schulatlas in den Schatten des Segels setzten, taten sie so, als würden sie gar nicht merken, dass Milo hinter ihnen stand und über ihre Schultern guckte, während Kouri betont langsam mit dem Finger ihre Reiseroute auf der Karte nachzeichneten und erklärte:

„Da sind wir vor gut zwei Wochen aufgebrochen und dann immer weiter nach Südosten gesegelt."

„Genau", ergänzte Kosmo und zeigte auf einen Punkt auf der rechten Hälfte der Karte, „und hier sind wir heute Nacht in die Passate gekommen. Da ist die Sahara, die einen großen Teil von Afrika einnimmt."

Sie umkreiste die Umrisse von Afrika und zeigte dann auf eine riesige, gelbe Fläche im nördlichen Teil des Kontinents. Wenn Kosmo und Kouri sich umgedreht hätten, hätten sie gesehen, dass Milo fast die Augen aus dem Kopf fielen. Er hat noch nie vorher eine Landkarte gesehen und war überwältigt von der Möglichkeit, Land und Wasser in schönen Farben auf dem Papier darzustellen. Die Entführung war vergessen, als er sich vorbeugte, auf die linke Seite der Atlaskarte zeigte und fragte:

„Ist da Zuhause?"

Kosmo und Kouri rückten zur Seite, so dass Milo sich zwischen sie zum Atlas setzten konnte. Kosmo erklärte ihm, welche Inseln man in der Karte sehen konnte, wo der Heimathafen der Kögröli lag und wie die Größenverhältnisse zwischen der Karte und den echten Inseln sich verhalten. Milo zog den Atlas auf seine Knie und begann zu blättern. Er entdeckte seine Heimat neu, er fand Inseln, die er noch nie gesehen hatte. Er fand Berge und Flüsse in anderen Kontinenten, von denen er noch nie etwas gehört hatte. Er sah Wüsten und Urwälder, viele Seen und große Meere und im Norden viel Eis.

Er staunte, wie weit Grönland sich erstreckte, so weit, dass das unbekannte Ende nicht einmal im Atlas abgebildet war. Ganz hinten im Atlas war die Erde als Kugel dargestellt, wie sie die unglaublich weit entfernte Sonne umkreist, außerdem der Mond und die Planeten, die er bisher nur als helle, wandernde Lichtpunkte zwischen den Sternen gekannt hatte. Die letzte Karte zeigte den Sternenhimmel. Milo hatte nicht mitbekommen, dass Kosmo und Kouri längst aufgestanden waren, um ihrer Arbeit nachzugehen. Erst als Poti in der Dämmerung zum Abendessen rief, schaute Milo auf und fand sich auf der Graureiher wieder, die sich nach wie vor im warmen Passatwind von Welle zu Welle hob und senkte. Die Luft war wieder klar, die ersten Sterne blitzen auf. Milo schug den Atlas zu und ging zu den anderen unter Deck, um den köstlichen Auflauf aus Süßkartoffeln und Paprika zu essen.

Danach lagen alle vier zusammen an Deck und blickten in die Sterne. Der große Wagen war tief am Horizont an der Steuerbordseite zu sehen, während das Kreuz des Südens an backbord wieder aufgegangen war.

„Ich wusste gar nicht, dass die Welt so groß ist. Und dass es da draußen noch andere Welten gibt!", gab Milo zu.

Die anderen schwiegen. Da fiel eine Sternschnuppe vom Himmel. Und noch eine. Kosmo kam es so vor, als wäre sie zischend neben der Graureiher in den Ozean gestürzt. Alle vier beobachteten das beginnende Schauspiel, in dem immer mehr Lichtspuren am Himmel aufglommen und danach verschwanden, in tiefen Gedanken. Manch ein Wunsch wurde in den vier Köpfen formuliert, aber nicht ausgesprochen. Es waren aber nur kleine Wünsche, denn alle großen Wünsche schienen erfüllt zu sein: sie waren gesund, sie hatten liebe Menschen um sich herum und sie waren auf dem Heimweg. Poti stand schließlich auf und sagte:

„Komm, Milo, wir haben die Nachwache. Und ihr beide geht jetzt ins Bett!"

Dabei klopfte er sich Sand und Staub von der Hose.

„Morgen früh ist großes Reinschiff angesagt, damit wir den Wüstensand von Bord bekommen."

Milo stellte sich ans Ruder und blickte abwechseln vom Kompass zu den Segeln, dann zu den Sternen und schließlich zur tanzenden Hecklaterne der Kögröli, die querab von der Graureiher dahinsegelte. Er fühlte sich ganz klein in dieser Welt, aber er fühlte sich pudelwohl und geborgen.

„Meine Welt ist ja nur das, was ich gerade in meinem Kopf habe", dachte er, „und ich kann ja niemals die ganze Welt auf einmal im Kopf haben!"

Dreieinhalb Wochen waren sie unterwegs, bis die Inseln in Sicht kamen, auf denen sie auf der Hinfahrt Sara und Emanuel besucht hatten. Kosmo winkte hinüber, aber sie waren viel zu weit weg, als dass man sie hätte sehen können.

„Sie sehen aber bestimmt die Schiffe und dann wissen sie, dass wir heil zurückgekehrt sind", beruhigte Poti sie.

„Du kannst sie ja bald wieder besuchen."

Ein paar Tage, die Milo und Kouri sehr lang wurden, sprang die Graureiher in einer unruhigen See auf und ab, um weiter nach Westen zu kommen. Kosmo freute sich über die rauschende Bugwelle und die warme Luft auf ihrer Haut.

Als die Stadt sich endlich aus dem Dunst abzuzeichnen begann, winkte Rodolfo die Graureiher heran.

„Wir ankern wie abgesprochen fünf Meilen südlich der Stadt, um alles vorzubereiten, ja?", rief er.

„Alles klar, ankern fünf Meilen südlich!", antwortete Kosmo.

So blieben sie weit genug entfernt, um von den Bewohnern der Stadt oder gar den Schergen des Königs erkannt zu werden. Die Schiffe ankerten dicht an einem weißen Strand, der von Palmen und Urwald gesäumt war. Rodolfo lud alle zu einem Festessen an Bord der Kögröli ein, bei dem sie ihr Vorgehen für die Rückkehr in die Stadt besprachen.

Zum Schluss hielt der Kapitän eine Rede, in der er die Zähigkeit und das Durchhaltevermögen seiner Männer lobte und ihre Retter Kosmo und Poti hochleben ließ. Gerade als alle „hoch!" riefen und der Kapitän feststellte, dass Poti gar nicht mehr in der Messe war, ging die Tür auf und Poti erschien mit einer großen Schüssel voller Schokoladeneis, über dem aus Schießpulver gebastelte Lichter brannten und Funken sprühten.

Der Jubel wurde noch lauter, bis jeder seine Portion vor sich hatte und sich genießerisches Schweigen ausbreitete. „Seht ihr", sagte Poti, „genau dafür holt ihr Jahr für Jahr das Eis von Grönland. Lohnt sich doch, oder?" Die Männer und Kosmo nickten mit schokoladenverschmierten Schnuten.

Als die Sonne am nächsten Morgen gerade über dem Horizont erschien, sah man auf beiden Schiffen emsige Vorbereitungen für die Heimkehr. Überall wurde geputzt und geschrubbt, die Decken und Hängematten hingen zum Lüften kreuz und quer über Deck und die Männer schnitten sich gegenseitig die Haare und stutzen ihre Bärte. Über die Toppen wurden bunte Flaggen gehisst.

Poti war mit Brutus zum Strand gerudert und sammelte Kokosnüsse und Mangos, aus denen er im Laufe des Vormittags Eis herstellte. Milo half ihm, den Eiswagen aus dem Vorschiff zu zerren und an Bord zu schleppen, wo er bis an den Rand gefüllt wurde. Nach einem kurzen Mittagessen hievten sie die Anker und setzten sich langsam Richtung Stadt in Bewegung. Die Kögröli setzte sich an die Spitze. Sie sollte zuerst in den Hafen einlaufen, um eventuellen Missverständnissen bezüglich des gesuchten Eisverkäufers oder des Piraten aus dem Wege räumen zu können, bevor die Schergen womöglich handgreiflich werden konnten.

Auf beiden Schiffen herrschte eine freudig erregte Spannung. Es wurde kaum gesprochen und wenn, dann nur im Flüsterton. Nach und nach wurden einzelne Häuser erkennbar. Kosmo erkannte die graue Festung über der Stadt und schüttelte sich unwillkürlich, als ob Poti ihr mal wieder ein Stück Gletschereis hinten in den Kragen gesteckt hätte. Einzelne Menschen wurden sichtbar. Es schienen immer mehr zu werden und alle bewegten sich zum Hafen hin. „Sie haben die Kögröli erkannt", sagte Poti. Kosmo verzog ihr Gesicht ein wenig.

„Ich hab' ja doch ein bisschen Angst, dass sie die Graureiher nicht in so guter Erinnerung haben."

„Es wird schon gutgehen. Ohne dich und die Graureiher wäre die Kögröli mit Mann und Maus verloren gewesen."

In der Stadt breitete sich die Nachricht von der Rückkehr der Kögröli wie ein Lauffeuer aus. Der König begab sich sofort an die Zinnen und blickte mit einem Fernrohr aufs Meer hinaus. Er fand die Nachricht bestätigt und gab Befehle, alles für ein Willkommensfest für die Mannschaft der Kögröli vorzubereiten. Die Diener begannen damit, die große Halle auszulüften, zu fegen und zu schmücken. Die Köche waren in der Küche mit dem Festmahl beschäftigt und so manches Huhn ließ kurz nach dem Auftauchen der Kögröli sein Leben, um als knuspriger Braten auf der Festtafel zu enden.

Der König schickte eine Garde hinunter zum Hafen, um die Mannschaft mit allen Ehren zum Hof zu geleiten.

Vom zweiten Schiff hatte sein Bote ihm nichts gesagt und zuerst hatte der König es vor lauter Freude gar nicht richtig wahrgenommen. Nun hob er sein Fernrohr noch einmal ans Auge. Schlagartig schlug seine Freude in Zorn um. Er gab den Befehl, eine weitere, größere Truppe von Schergen zum Hafen laufen zu lassen, die die gesamte Besatzung des kleineren, zweiten Schiffes in Ketten zur Festung bringen und dort in den Kerker werfen sollte. Diese Truppe setzte sich zügig in Bewegung und trabte den Berg auf einer Nebenstraße herunter, so dass sie den Hafen noch vor der Garde erreichte.

Kosmo sah als Erste den Trupp, der wie eine gepanzerte Raupe die Gasse heruntertrabte und dessen metallisches Scheppern sie hatte aufhorchen lassen. Sie stand an Deck der Graureiher und war dabei gewesen, klar Schiff zu machen, nachdem sie direkt hinter der Kögröli festgemacht hatten. Sie sah sich nach Poti um. Im Hafen wimmelte es von Menschen. Überall hörte man Lachen und sogar Jubelrufe. Die Besatzung der Kögröli wurde herzlich willkommen geheißen. Beim Anlegen hatten alle geklatscht und „Hurra!" gerufen, jetzt reichten die Städter den Seemännern Obst und Kuchen über das Schanzkleid. Es herrschte Volksfeststimmung.

An Bord der Graureiher war es dagegen sehr ruhig. Milo und Kouri waren zu ihren Kameraden auf die Kögröli gegangen, Brutus hatte sich mit dem Kaninchen hinter den Ruderstand zusammengerollt und beäugte den Trubel skeptisch. Poti kam gerade die Treppe hoch.

„Poti, die Schergen kommen! Es läuft nicht ganz nach Plan, sie steuern direkt auf uns zu!"

Poti erfasste sofort die Situation.

„Fass mit an!", bat er Kosmo.

Sie packten den Eiswagen und balancierten ihn so schnell es ging über das schmale Brett, das sie als Landgang zwischen Schanzkleid und Kai gelegt hatten. Kosmo pfiff nach Brutus, der mit großen Sätzen zu ihr an Land sprang. Sie sah ihm eindringlich in die Augen und zeigte auf den sich nähernden Lindwurm, der gerade das Ende der Gasse erreichte und auf den großen, freien Platz am Hafen gelangte. Die Schergen stoppten kurz und der Anführer zeigte auf die Graureiher, woraufhin der Trupp sich wieder in Bewegung setzte. Kosmo hatte den Eindruck, als würde der Boden unter den Schritten vibrieren. Brutus hatte ihren Hinweis verstanden. Er senkte den Kopf wie ein wild gewordener Stier, ließ ein tiefes, dröhnendes Kläffen hören und rannte auf die gepanzerte Raupe zu. Kosmo und Poti verloren keine Zeit mehr. Poti rannte los, er zog den Eiswagen mit sich, und Kosmo schob von hinten. Brutus baute sich knurrend und kläffend vor den verblüfften Schergen auf. Den Moment der Verwirrung nutzen sie. Poti zog Kosmo und den Eiswagen durch eine kleine Türöffnung in einen Hafenschuppen hinein. Kosmo nahm Fischernetze, Eimer und Werkzeuge war, die an den Wänden und von der Decke hingen, als sie durch den Schuppen hindurchrannten. Er hatte hinten eine weitere Tür, die Poti aufstieß und Kosmo sofort mit einem Tritt hinter sich wieder verschloss.

„Uff", sagte sie, „das war eine gute Idee von dir. Ein Glück, dass du dich hier auskennst!"

„Und es ist ein Glück, dass du so einen gefährlichen Hund hast. Komm weiter, ich kenne einen etwas versteckten Weg zur Festung hinauf. Wir müssen zu Pan!"

Sie rannten weiter. Poti führte sie durch enge, dunkle Gassen. Sie begegneten keiner Menschenseele, nur ein paar Katzen sprangen zur Seite, wenn sie bimmelnd und rumpelnd mit dem Eiswagen näherkamen. Es ging bergauf und wurde immer steiler.

„Uff", stöhnte Kosmo, „ich laufe an Bord ja ohnehin nicht so richtig viel, und jetzt auch noch bergauf!"

Poti zerrte sie unbeirrt weiter. Über ihnen tauchte zwischen den Giebeln die Festung auf. Als dunkle Silhouette ragte sie in den blauen Himmel. Poti und Kosmo schleppten sich und den Eiswagen weiter und weiter. Der Schweiß rann ihnen in Strömen von der Stirn und brannte in den Augen.

Kosmo wollte um eine Verschnaufpause bitten, als sie die letzte enge Gasse verließen und am Fundament der Festung ankamen. Ein Pfad führte nach rechts am Fuß der Festung entlang weiter hinauf. Kosmo erkannte weiter oben eine breite Straße, die im Sonnenlicht lag und direkt auf die großen Tore der Festung zu führte.

„Uff, da müssen wir noch ganz hoch?" fragte sie verzweifelt, denn sie war am Ende ihrer Kräfte.

Da vernahmen sie das vertraute Trampeln und Klirren eines Schergentrupps, der irgendwo hinter ihnen durch die Straßen rannte und näherkam. Kosmo wurde blass.

„Poti, das schaffen wir nicht!"

Mit angstvoll geweiteten Augen sah sie ihn aus ihrem sommersprossigen Gesicht an. Es irritierte sie vollends, dass Poti ganz ruhig dastand und lächelte. Er öffnete die Klappe an seinem Eiswagen, hob den Behälter mit dem Kokoseis an und sagte:

„Greif doch mal unter das Gletschereis. Da ist unten eine Mulde im Eiswagen. Findest du sie?"

Kosmo stellte sich auf die Zehenspitzen, um ihren Arm so tief in den Eiswagen stecken zu können. Mit den Fingern schob sie das herrlich kalte, erfrischende Gletschereis zur Seite. Am Boden des Eiswagens fand ihre Hand eine Mulde, in der sich Wasser sammelte und ...

„Ach, Poti, das habe ich ja völlig vergessen!"

Kosmo zog ihren Arm aus dem Eiswagen und hielt einen Schlüssel hoch.

„Du hast ja die ganze Zeit Pans Schlüssel zum Keller bei dir versteckt!"

Kosmo lachte vor Erleichterung. Poti nahm ihr den Schlüssel ab, steckte ihn in ein kaum sichtbares Loch in der Festungsmauer und öffnete eine schwere Tür in der Wand, die Kosmo vorher überhaupt nicht gesehen hatte. Das Trampeln der Schergen wurde lauter. Kosmo schlüpfte durch die Tür. Poti folgte ihr, zog den Eiswagen hinein und warf die Tür ins Schloss. Sie standen im Dunkeln.

Bis auf ihren keuchenden Atem war nichts zu hören. Dunkel und still.

„Uff!", sagte Kosmo.

„Kosmo, ich weiß gar nicht, wie ich dir danken soll. Du bist mit mir ganz nach Grönland und zurück gesegelt. Und jetzt bist du mit mir vor den Schergen geflohen. Alles nur wegen dieser unsäglichen Eisgeschichte, die hier begonnen hat. Danke. Das wollte ich dir sagen."

Kosmo, die langsam wieder zu Atem kam, schluckte. Ihr kam die Frage in den Sinn, warum sie das eigentlich alles getan hatte. Die Antwort kam ihr ebenso schnell in den Sinn: es hatte nie eine andere Option gegeben. Poti war am Strand aufgetaucht, mit seinem Eiswagen und den Verfolgern und seiner ganzen Geschichte von Pan und dem Eis. Das war ungerecht und, hinsichtlich Pan, traurig. Außerdem war das unbekannte Schicksal der Kögröli mit ihrer Mannschaft dramatisch. Ohne dass Poti es sehen konnte, zuckte sie die Schultern und sagte:

„Ist schon ok. Was machen wir jetzt?"

„Wir suchen Pan. Er ist der Einzige, der mich entlasten kann."

„Wie sollen wir ihn hier finden, im Stockdunklen?"

„Komm hinter mir her, ich kenne den Weg aus den Verliesen heraus einigermaßen. Und Pan ist nicht dumm, ich wette, er wird wissen, was in der Stadt los ist und uns entgegenkommen."

Poti stapfte in die Dunkelheit. Er tastete mit der rechten Hand an der Wand entlang und zog mit der linken den Eiswagen. Kosmo ging einfach der Glocke des Eiswagens nach, wobei sie ihre Hände rechts und links vor sich hielt, um nirgendwo anzustoßen. Hin und wieder bog Poti abrupt ab und führte Kosmo gewundene Treppen hinauf. Auf den Treppen trugen Sie den Eiswagen gemeinsam, wobei sie mit ihren Schultern an der Mauer abstützten. Dann folgten wieder lange Gänge. Kosmo trottete Poti blind hinterher.

Die Glocke vom Eiswagen gab ihr Sicherheit, dennoch verlor sie völlig das Gefühl für Zeit und Raum. Nach einer gefühlten Unendlichkeit sah Kosmo ein kleines, flackerndes Licht. Es schien von weiter oben auf sie zuzukommen. Poti beschleunigte die Schritte.

„Das ist er! Das muss er sein!", sagte er zu Kosmo.

Das Licht wurde zu einer Fackel, deren Schein von den Wänden des engen Gangs zurückgeworfen wurde.

„Poti?", rief jemand, „Poti, bist du es?"

„Ja!", antwortete Poti und rannte los.

Kosmo übernahm den Eiswagen allein und versuchte hinterherzukommen. Sie erkannte einen jungen, schlanken Mann mit einem schmalen Gesicht, der mit weit aufgerissenen Augen in der Dunkelheit nach Poti suchte.

„Pan!" seufzte Poti und schlang seine starken Arme um den Prinzen. Hörte Kosmo da ein leises Schluchzen?

„Ich wusste, dass du kommst! Als ich gemerkt habe, dass mein Vater lange das zweite Schiff im Hafen beobachtet und dann den Trupp losge-schickte, da wusste ich es."

Poti löste die Umklammerung, sah in Pans große Augen und sagte:

„Wir müssen zum König. Wir müssen klarstel-len, dass ich kein Räuber bin!"

„Ja, klar. Er wartet im großen Saal darauf, dass seine Schergen dich in Ketten hereinführen. Ich bring dich hin."

Kosmo stupste leicht an den Eiswagen, so dass die Glocke leise bimmelte und räusperte sich. Pan sah verwirrt in die Dunkelheit hinter Poti.

„Herrje", lachte Poti auf, „jetzt habe ich vor lauter Wiedersehensfreude fast die wichtigste Person vergessen!"

Er zog Kosmo an seine Seite.

„Das ist Kosmo, der kleine Pirat. Kosmo hat mich vor den Schergen gerettet und ist mit mir ans Ende der Welt gefahren, um die Kögröli zu suchen. Ohne Kosmo wäre ich schon längst in einem der Verliese unter uns vergammelt."

Kosmo und Pan sahen sich an. Kosmo sah große, dunkle Augen, die schon viel zu viel Traurigkeit gesehen haben mussten. Pan hingegen sah in Kosmos warme, braune Augen, in denen die Lebensfreude, das Meer und die Sonne selbst hier im Fackellicht zu tanzen schienen. Poti stieß Kosmo einen Ellenbogen in die Seite.

„Komm, sag dem Prinzen ‚hallo'!"

Kosmo kniff die Augen zusammen und ließ ein leises ‚Hallo' hören, das der Prinz ebenso unsicher und leise erwiderte.

„Na, dann los jetzt zum König!", sagte Poti, übernahm die Fackel und ging den beiden voraus.

Bald gelangten sie an eine Holztür, die in einen großen Gang in der Festung führte. Pan deutete die Richtung zum großen Saal an. Kosmo zog den Eiswagen, der fröhlich vor sich hin bimmelte und betrachtete den Prinzen aus dem Augenwinkel. Er war mehr als einen Kopf größer als sie, dafür war er sehr schlank, fast dünn. Seine Haut war blass.

‚Ob das ein Zeichen besonders edler Herkunft ist?' fragte sich Kosmo, ‚oder kommt er einfach nicht raus in die Sonne?'

Unter seinen schönen, dunklen Augen, die von langen Wimpern umrahmt waren, lagen bläuliche Schatten. Das Gesicht war schmal, zart und wirkte auf Kosmo irgendwie schlau. So wissend. Sie würde ihm alles glauben, dachte sie. Was sie nicht bemerkte, war, dass Pan sie genauso von der Seite beobachtete. Er sah allerdings etwas völlig anderes: ein kleines, braungebranntes Energiebündel, das sich im Moment stark zu zügeln schien, weil die Festung es wahrscheinlich einschüchterte.

‚So viel Energie möchte ich auch mal haben!' dachte Pan.

Vor den Toren zum großen Saal standen zwei Wächter, die mit grimmigen Blicken der kleinen Prozession entgegenblickten. Sie ließen sich ihre Verwirrung nicht anmerken und öffneten die Tore auf den Wink von Pan hin. So standen die drei mit dem Eiswagen endlich vor dem König. Der zog eine Augenbraue hoch und sagte:

„Nun?"

Pan setzte gerade zu einer Erklärung an, als am Tor mit einem Scheppern und Klirren und Brüllen der Trupp Schergen auftauchte. Ihr Anführer rief dem König entgegen:

„Sie sind uns entkommen! Diese Bestie hat uns immer wieder zum Rückzug gezwungen!"

Brutus sprang vor dem Trupp in den Saal und hörte sofort auf zu kläffen, als er Kosmo und Poti sah. Er trotte zu ihnen hinüber, setzte sich zwischen die beiden und legte den Kopf an Kosmos Hüfte. Der Anführer blieb verdutzt stehen, so dass die ihm folgenden Schergen im Tor auf seinen Rücken aufliefen, stolperten und übereinander fielen. Der König zog auch die andere Augenbraue hoch und blickte wieder zu Pan.

„Vater, ich muss dir etwas erklären. Ich habe Poti damals den Schlüssel gegeben ..."

Wieder war Lärm vom Tor zu hören.

„Aus dem Weg!", bestimmte eine befehlsgewohnte Stimme, „hier kommen die Helden der Königlichen Grönland-Linie!"

Die Schergen machten Platz und die Ehrengarde schritt mit den dreizehn Männern der Kögröli in den Saal. Der König stand auf und ging mit ausgebreiteten Armen auf seinen Kapitän Rodolfo zu, was dieser aber gar nicht sah, weil er auf Kosmo und Poti zulief und rief:

„Ein Glück, da seid ihr ja!"

„Jetzt reicht es mir aber!", unterbrach der König, „jetzt erklärt mir endlich mal, was hier vorgeht!"

Pan begann die Geschichte mit dem Eis und dem Schlüssel zu erzählen. Kosmo erzählte dann, wie sie mit Poti nach Grönland gefahren ist. Rodolfo schloss die Geschichte mit der Rettung der Kögröli in Grönland ab.

„So", sagte der König, „so so!"

Alle sahen ihn erwartungsvoll an. Er blickte von Pan zu Poti, dann zu Kosmo und Brutus, schließlich zu Rodolfo und seinen Männern. Dann schüttelte er den Kopf, lachte und sagte:

„Dann sollten wir jetzt endlich Eis essen! Darum ging es schließlich die ganze Zeit. Bringt uns Schälchen!"

Die Anspannung löste sich bei allen. Poti löffelte Eis in die eilig herbeigeschafften Schälchen und Kosmo verteilte es. Der König lud alle ein, sich an den großen Tisch zu setzen. Während die Seefahrer, Pan und der König noch plaudernd ihr Eis löffelten, wurden leckere Speisen, Wein und Bier hereingetragen. Es begann ein Fest, von dem später in der Stadt noch oft gesprochen wurde. Es wurde gegessen und getrunken und gelacht, aber das Wichtigste war, dass alle miteinander sprachen.

Der König ging von einem zum anderen, setzte sich mal zu den einen und mal zu den anderen und an diesem Abend wurden die Geschichten von der Graureiher, der Kögröli und von Rodolfo und seiner Mannschaft, von Poti und Kosmo und von Brutus und sogar vom Kaninchen zum ersten Mal erzählt, und jede dieser Geschichten wurde später zu einer Legende.

Kosmo ahnte von der Legendenbildung an diesem Abend selbstverständlich noch nichts. Sie saß an einer Ecke am unteren Ende der Tafel und nippte am Rotwein, während sie einem der Schiffbrüchigen lauschte, der von der langen Überwinterung in Grönland erzählte.

„Du, Kosmo?", flüsterte jemand in ihr Ohr.

Erstaunt blickte sie sich um und sah wieder in die großen Augen von Pan.

„Ja?"

„Würdest du mich auf deinem Schiff mal mitnehmen?"

Erstaunt antwortete sie: „Ja."

Pan lächelte.

„Wahrscheinlich stelle ich mich völlig ungeschickt an. Und so stark wie Poti bin ich auch nicht. Aber ich möchte gerne wissen, wie es da draußen auf dem Meer ist."

Kosmo sah die Sehnsucht in Pans Augen.

„Das macht überhaupt nichts. Komm einfach an Bord."

„Kann ich morgen kommen?"

Kosmo lachte.

„Du kannst es wohl gar nicht abwarten. Hast du ein paar Tage Zeit? Ich wollte Freunde auf einer anderen Insel besuchen. Es wird dir gefallen."

„Abgemacht", sagte Pan und nahm ihre Hand.

„Abgemacht", antwortete Kosmo und sah erst auf ihre Hände und dann wieder in Pans schöne Augen.

Am nächsten Morgen sah man die Graureiher im Sonnenaufgang ablegen, an Bord zwei junge Menschen, ein großer Hund und ein Kaninchen.

Am Nachmittag zog Poti mit seinem Eiswagen durch die Gassen. Er musste ihn nicht mehr selbst ziehen, denn der König hatte ihm einen Esel geschenkt. Poti nannte ihn Sam und konnte kaum davon ablassen, seine langen, grauen Ohren zu streicheln. Am Abend saß er mit seinen Freunden am Hafen. Kouri und Milo und noch ein paar Männer von der Kögröli setzten sich dazu und sie sahen in den Sonnenuntergang.

Der König saß allein in seiner Festung und dachte zum ersten Mal in seinem Leben darüber nach, was für sein Volk wohl am besten wäre.